光洲评论

杨光洲 著

中国文联出版社

图书在版编目（CIP）数据

光洲评论 / 杨光洲著. -- 北京：中国文联出版社，2024.9. -- ISBN 978-7-5190-5520-2

Ⅰ．I267.1

中国国家版本馆 CIP 数据核字第 2024DQ5297 号

著　　者	杨光洲
责任编辑	蒋爱民
责任校对	秀点校对
装帧设计	谭　锴

出版发行	中国文联出版社有限公司
社　　址	北京市朝阳区农展馆南里 10 号　　邮编　100125
电　　话	010-85923066（编辑部）　010-85923025（发行部）
经　　销	全国新华书店等
印　　刷	三河市龙大印装有限公司

开　　本	880 毫米 ×1230 毫米　　1/32
印　　张	7.75
字　　数	310 千字
版　　次	2024 年 9 月第 1 版第 1 次印刷
定　　价	68.00 元

版权所有·侵权必究

如有印装质量问题，请与本社发行部联系调换

我想说……（序）

我从小爱说话，且爱坚持自己说的真话。母亲担心我话多惹事，谆谆教导我："少说几句吧，不会有人把你当哑巴卖喽！"

命运弄人。长大成人，我的饭碗竟与说话有关——当了名记者。记者当然要说话，且应该说真话。可是，我渐渐发现说真话并不是件容易的事。

顶着记者的名头，在流逝的时光中磨砺二十四载，青丝变华发。2019年9月，因年龄原因，我退出新闻采编前沿，内心充满惆怅：长期泡在新闻采编岗位，竟没说过几句益世的真话。离开新闻采编岗位，说真话的机会就更少了……愧对光阴呀！

失望之际，却又有了柳暗花明的希望。我所在的义乌市融媒体中心决定，设立"光洲工作室"，开办《群言堂》杂文专版，并于此版开《光洲评论》栏目，专发我撰写的随感、杂文。这让我忽然明白，自己平时写文章"较真"，并不全是在讲废话做无用功，而是在不知不觉中积累起了大家的认可，"退步原来是向前"。领导的信任让我感动，命运的轮转令我如久旱逢雨，终于可以直抒胸臆说真话了！

直抒胸臆，并不是说起话来就没边。长期的党报工作经历，使我自觉地把辩证唯物主义和历史唯物主义作为自己的世界观与方法论；平民子弟的出身，使我坚定地站在最广大人民群众的立场上去评判真善美假恶丑；"真实是新闻生命"的职业信条，使我以说真话为追求：能直接说的，就铺陈笔墨酣畅淋漓地说；不便直说的，就古今中外对比着说；不能彻底说的，就点到为止，留白让读者会意。不管怎么说，都坚持说人话，坚决不昧着良心说鬼话。我给自己划出了边界：只在法律与道德的圈内说，绝不越出这两个圈说出格的话。

我只是一个小文字匠，所说的话无论如何都称不上"重要讲话"。

001

然而，意想不到的是，一些读者竟爱读说真话的《光洲评论》，常打电话与我交流。中国报纸副刊研究会还把《光洲评论》评为"全国报纸副刊最佳专栏"。于是，就有文化传播公司和朋友怂恿我：出本书吧。

把自己的话集起来出本书，也即古人之所谓立言。我原本也是没这个胆量的。有句话叫："借你个胆，你也不敢！"然而，这本书确实是朋友们给我壮胆的结果。

有些出版机构认为这本讲真话的书无利可图，或明确拒绝我，或故意开出天价出版费让我望而却步。我被点燃的出书热情将要熄灭之际，与我不曾谋面却有文字交往的《湖南日报》高级编辑曾德凤先生却力挺我出书，并把作家蒋泥先生介绍给我。我与蒋先生也未见过面，蒋先生看过书稿后却立即拍板：支持出版！

您手中的这本《光洲评论》，分为正编和副编两部分。

正编从《群言堂》杂文专版上《光洲评论》栏目的数百篇文章中撷取。副编是《光洲评论》栏目开办以前我所写的部分文章。所有文章，若只发表于《义乌商报》，便只标注日期；若发表于其他报刊，则注明日期与报刊名称。

一腔热血，卖与识货人。我爱说真话，在一些人眼中是毛病，我也因此吃亏。但是，朋友、读者却与我同声相应，同气相求；义乌市委常委、宣传部长朱有清，副部长吴燕燕，义乌市融媒体中心及文联领导胡滨、赵一阳、丁丰罡、张旦萍也把我码字发声的小事，当作是增加报纸特色、活跃创作的正事，给予关怀、支持。我若强忍着装哑巴，岂不有负于他们？

啰唆了半天，为自己不想当哑巴找理由，说了些心里话。是为序。

2024年5月5日于浙江海洋大学海院新村

目 录

正 编

让思想照亮前程——《群言堂》发刊词 …… 001
高铁广告欺我太甚 …… 003
戒尺自述 …… 005
权的相对性 …… 007
遇到老鼠怎么办 …… 009
走进青岛悟强大 …… 011
荣誉"铜墙铁壁"映出的另类内容 …… 013
岂可动辄"进校园" …… 015
当官不修葡 …… 017
辨析西门豹的一声叹息 …… 019
轻松回家过年 …… 022
临事而何 …… 024
休要坐地起价"造"行情 …… 026
口罩代表你的心 …… 028
是领导就可以多得？ …… 030
千万别惯着 …… 032
"倡议"离开太匆匆 …… 034
面对黄山说教训 …… 036
谁"怕"谁 …… 038
佳作自有真性情 …… 040
人民说"不"力量大 …… 042

严肃点	044
"到此一游"心理管窥	046
摆摊与立论	048
论打工的姿势	051
绝笔直书正能量	053
因材施教与灵魂塑造	056
贼喊捉贼	058
词义尽现社会百态	060
"我们"是"谁们"	063
忽忽悠悠虚高扫码价	065
读《平安经》心得	068
噩梦	070
"非查出点事不可"	073
"一团和气"中有凶险	075
想起宋江我耳朵疼	077
某些新闻发言人的"化"	080
云计算的利弊	082
思想园地初建成——《群言堂》周岁志喜	084
士到用时方恨无	086
请用蓍草擦亮眼	088
你的"自愿"谁做主	090
真的很严重	092
怎样用民心	094
从吃相看品位	096
不妨自设网上批评冷静期	098
一不留神成"陛下"	100
攀附	102
一拦一推间的价值	104

清除职场牛魔王	107
警惕师德染铜臭	109
别再糟蹋"最美"了	111
领导植树有啥了不起	113
手机平台骗俺一段情	115
敬英雄　学英雄　当英雄	117
官员与演员	119
手机那点事（上）	121
手机那点事（下）	123
摘掉面具吧	125
经济明镜映政治高下	128
心不平　腔难安	130
"诚"在笔先	132
思路一转天地宽	134
惠农政策缘何打死结	136
咋说都有理	138
未曾登楼已生情	141
牢记有教无类	144
说师	146
王婆心理学	149
农民工您好	152
不生瑜　何生亮	155
得理巧饶人	157
平民百姓不可欺	159
留下来过年好	161
政务 App 的境界	163
谣言预言辨	165
病中随想	167

勿信"张仪式承诺" … 170
石壕吏的一封信 … 172
谁是文明之大害 … 175
救难与包庇 … 178
革除企业制度式侵权 … 181
想办法与找借口 … 184
有什么误会是必要的 … 187
外国盐比中国盐更…… … 189
不立于危墙之下 … 191
温度与力度 … 193
放平心态看球赛 … 196
甩锅转型进行时 … 198
精忠报谁 … 201
说说马屁精 … 204
向舆论侠者学习 … 207
勿让新生儿再当文盲 … 209

副 编

《黔之驴》的另类版本 … 211
一份检查和三个结局 … 214
买卖 … 216
后狗恶酒酸时代 … 220
借东风 … 223
又失生辰纲 … 226
善待平等 … 229
为什么要善待农民工 … 231
跳楼者说 … 234
鱼翅啊鱼翅 … 236

正 编

让思想照亮前程
——《群言堂》发刊词

人人都有拥有思想的权利。

言为心声。让大众把思想表达出来，让不同的思想在相互比较中完善，在求同存异中提升，这就是光洲工作室推出《群言堂》的初衷。

信息爆炸逼着我们去思考。真与假、美与丑、善与恶、是与非、义与利、荣与辱在多元价值坐标中折腾重构，鱼龙混杂，泥沙俱下……让人迷茫，令人彷徨！

目标在哪里？路该怎么走？力向何处用？冥想如行夜路。庸俗披着流行的外衣，丑恶戴着高尚的面具，诱人走向歧途，给人布下陷阱！

您思想的火花，也许正好照亮别人脚下的路；身处喧嚣中的您的那份宁静，也许足以让面对诱惑的他保持清醒；红尘滚滚中的您，澄澈如水的心境，也许恰恰是他人定力的源泉。欢迎您来《群言堂》讲出自己珍贵的一得之见！

《群言堂》设有《说事》《论理》《聊天》《世相》《南腔北调》《光洲评论》等栏目，期待您的来稿。《说事》大至国际风云，小到柴米油盐都可议论，但所议之事须是新闻。《论理》所议之事新闻旧闻皆可，但须讲出令人豁然开朗的"理"来。《聊天》轻松随意，但聊后得让人有所受益，不至于让所有的人都感到浪费时间。《世相》是小品文，或为有讽刺意味的"麻辣烫"，或为清新隽永的生活随笔。《南腔北调》是观点的自由市场，但遵法守规。《光洲评论》是独家评论。各个栏目都要求有新意，拒绝正确的废话，不听无病呻吟。

我们并不掌握绝对真理，但将坚持通过观点的互相修正去接近真理；本刊并不做一言九鼎、金口玉言的一锤定音，但将坚持弘扬真善美、鞭挞假恶丑的原则；光洲并不是一位圣人，但将真诚、包容地做一位专刊编辑，聆听您的心声，为您守护这个思想的家园。

《群言堂》珍视您思想的火花，把它交给我们吧，我们与您一起点燃一盏盏思想的明灯，照亮前程！

补充说一点：有稿费哟！

（2019年9月30日）

高铁广告欺我太甚

诚如您所想,能写下这个题目,我一定是个人,不是低等生物,甚或没有生命的什么东西。然而,说起坐高铁的感受,我真真切切地觉得自己不是人!

9月13日,秋高气爽,又恰逢中秋佳节。离家打工已半年有余的我登上列车,去和两千多里外的家人团圆,心情是何等的愉悦!我乘的可是象征时代进步的高铁呀,既非李白、杜甫过万重山、穿巴峡巫峡的木船,又岂是孟郊所骑"看尽长安花"的马儿可比!

然而,坐进车厢,我的自豪感骤降!因为目之所及、耳之所闻,皆为白酒广告,车内再无"高铁"讯息。"某贡酒年份原浆冠名的品牌列车提醒您列车已经到达某站。"每到一站,车内广播唯恐我忘性大,都不厌其烦地告诉我所乘的列车品牌是"某贡酒年份原浆"。车内行李架上、座位靠背枕巾上、座位前小桌板上,都印着"某贡酒年份原浆"的广告。我不好酒,感觉自己被强行塞进了酒作坊。为了适应环境,我强迫自己扫了一下"某贡酒年份原浆"广告的二维码。不扫不知道,一扫吓一跳:"有某贡酒才叫团圆!"因为没有买某贡酒,我此番回家就不能叫作团圆!这广告可谓霸气十足!不得不置身广告氛围中的我,顿感自己的渺小与无奈!

可是,我有阿Q精神!几年前我坐的动车是被冠名"某冰箱洗衣机"的。列车加速,我觉得自己是洗衣机中正被甩干的衣服,越转越快,逐渐被脱水;列车平稳运行,我觉得自己是冰箱里的肉,正一点点紧缩,终会成为硬邦邦的一块……与坐"冰箱洗衣机"列车一比较,我觉得自己这次坐"白酒"高铁的难受程度减轻了很多。

人与动物的区别之一是人不仅会被动地适应环境,更能主动地改变环境。出远门,乘高铁,是我的选择。但是,是不是我乘高铁就不得不忍受某些广告的折磨呢？目前是这样的。因为我别无选择，只能适应。

如何让乘客不再受讨厌的广告侵扰？这要仰仗铁路广告部门对乘客情绪的体恤。如果铁路广告部门在投放广告时不考虑乘客的感受，那如我者也只能忍受，只是这样乘车，与只能适应环境的低等生物或没有生命的什么东西又有啥区别呢？

子曰："名不正则言不顺，言不顺则事不成，事不成则礼乐不兴。"作为车厢文化的一部分，列车的冠名最好名正言顺、名副其实。

诚然，中国是一个人口大国，面对广告，广大乘客众口难调。但是，铁路广告部门是不是因此更应该考虑大多数乘客的感受，选好最大公约数呢？

记的动车、高铁刚开通时是被叫作"和谐号""复兴号"的。现在听不到报站时的"和谐""复兴"了。列车名被冠以"白酒""冰箱洗衣机"，这是孔方兄的神通。

说了这么多，不一定能撼动孔方兄在列车冠名中的地位。但作为广大乘客中的一员，我除了无奈地选择忍受外，还是要对不恰当的列车广告说"不"，因为我是期望改善环境的人！权且打油一首：

拜金创新手段高，
列车广告领风骚。
乘客感受甩脑后，
风驰电掣赚钞票！

（2019年9月30日《义乌商报》，发表时题目为《乘坐高铁的我是个什么东西》。）

戒尺自述

看到我的名字——"戒尺",您眼前也许已浮现出老师用我打学生手心的画面。作为老师体罚学生的典型形象,我已深深地烙在民族的记忆中。从清朝末年开始,我就成了维新、革命的对象,早就被扫进了历史的垃圾堆。最近广东省颁布的《广东省学校安全条例(草案)》明确,教师可对违规学生"罚站罚跑"。此消息一出,舆论哗然,称这是给老师体罚学生的惩戒权。赞成者要求"把戒尺还给老师",反对者说"戒尺进校园违法",担忧者置疑"老师敢不敢接戒尺"。沉寂百年的我既然又被抛到了风口浪尖,那就不得不说几句以自证清白。

严师出高徒。"教不严,师之惰。"在"严"被奉为教学圭臬的年代,我戒尺是一种威仪的存在。千百年来,由于我的存在,可以说中国特色的师生关系才得以确立,教学秩序才得以维护,学生在学习时的心猿意马才被拉回。即便是在家规家风的形成中,我也被奉为"家法"的代名词。毫不夸张地说,戒尺体罚,对教育的发展,对文化的延续,对社会主流道德建设,不可或缺!

然而,戒尺体罚,也饱受诟病。在鲁迅、郭沫若、邹韬奋等大家的文章中,均有对我不好的记忆。在民间口口相传中,我也广受编派。

"人之初,糊涂蛋。越打老爷越不念!才待老爷念会了,又把老爷打成糊涂蛋!"这是私塾学童背《三字经》被我戒尺伺候后背地里的反抗。"抻床垫圈,提夜壶倒茶",这是旧时学徒对自己伺候师傅的描述。学徒相当于职校学生。面对体罚责难,变着法把师傅给骂了。

对以我戒尺为代表的体罚的评价为何会如此悬殊?关键是有些评判的认识出现了误区。比如一把刀,用它切菜,便是厨具;用它杀人,便是凶器。戒尺体罚,本无所谓好,无所谓坏,运用得恰到好处,对学生就可起到惩戒教育的作用;过度使用,对学生就会造成身心伤害。

视我戒尺体罚为大恶者,其实是把个别老师对我的错误使用当作了我的罪,你说我冤不冤?

为了安全起见,为了更加人性化,是不是彻底封杀戒尺、禁绝体罚就万事大吉了呢?这样做其实是违背教育规律的。教育方法,总的来讲包括两个方面:奖与惩。奖,即通过鼓励把学生引到正确的道路上;惩,即通过惩戒禁止学生走向错误的道路。奖与惩,贯穿于教学的始终。奖与惩,作为一对矛盾相比较而存在,如一枚硬币的两面,不可能脱离它的另一面而单独存在。对自制力不强的学生施以其身心可以承受的惩戒,进而引导其向能获得奖励的正确方向发展,有益而无害。

要把戒尺还给老师吗?我戒尺从未离开校园。有形的戒尺虽早被封杀了,但罚跑罚站体罚类无形的戒尺一直都在。为我戒尺体罚立法,确立我在教学中的合法地位,是对规律的尊重。

戒尺体罚进校园违法吗?为我戒尺体罚立法,是对《中华人民共和国教师法》《中华人民共和国未成年人保护法》等相关法律实施的科学细化,对惩戒行为作出合法与违法的界定,是对学生的保护,是校园法治建设的进步。

老师敢不敢接戒尺?为我戒尺体罚立法,是对老师的保护,老师当然敢接;是对老师法治意识与能力的更高要求,老师也必须得接。

由原来被置于神圣地位到被以"革命""人性"的名义扫进垃圾堆,再到如今受到法律规范和保护,我戒尺在人们认识中经历着"螺旋式上升、波浪式前进",这就是历史的进步。

(2019年10月11日《义乌商报》,2019年11月19日《上海法治报》。)

权的相对性

最近热映的电影《中国机长》中有这样一个场景：飞机在高空出现故障，百余名乘客处于危险之中。一位乘客竟强调自己的知情权，试图冲进驾驶舱一探究竟。为使飞行不受更多干扰，他被制止了。现实中像这样不分时间、地点、条件把自己的权绝对化的人不在少数。这样做，于己于人于社会都有害无益，也是行不通的。

随着法治建设的深入，人们的维权意识不断增强，这当然是一种社会进步。但是，权是具有相对性的，它总是与一定的条件相联系的。比如在办税服务大厅，纳税人要按顺序取号排队缴纳税费，他们接受税务部门服务时有平等权。如果工作人员按规定多次叫到某位纳税人，而这位纳税人自己疏忽或已离开时，工作人员当然要依规为下一位纳税人办理业务，而不可能一直等着前一位纳税人。若把前一位纳税人接受服务的平等权绝对化，一直等他，后面的纳税人的平等权就无法保障。

权的相对性在不同社会制度下有不同的表现。奴隶制下的国王和封建制下的皇帝依据"君权神授"理论，不承认自己权的相对性，而是用自己绝对化的权去无限度地侵占被统治者的利益。这两种制度下社会成员的权的相对性不可能平等。资本主义国家用"天赋人权"代替"君权神授"，强调人生来就是平等的，上帝给予每个人的权利是一样的。乍看起来，这种法律制度下的社会成员的权利应是平等的。但是，资本主义国家法律制度同时强调"私有财产神圣不可侵犯"。因此，资本主义制度相对于封建制度虽有进步，但也不过是"以财产的不平等代替出身的不平等"，其社会成员的权的相对性也不可能平等。《中华人民共和国宪法》明确规定，"中华人民共和国的一切权力属于人民"。中国人民的权利并不源于"天"或"上帝"，也不因出身贵贱与财产多少而不同。"中华人民共和国公民在法律面前一律平等",这种平等,不仅表现在权的内容的一致上,还表现在行使权力或主张权利时所依的条件是一致的,即权的相对性也是一致的。任何人行使权力或主张权利,都必须依据法定条件,都不能侵害他人的合法权益。法治中国无绝对之权。

权的本义为秤锤。秤锤要发挥称准的作用,其在秤杆上的位置要因所称物体的重量而做适当改变,这是权的相对性的一种生动体现。

您在行使权利或维权时,找准定位了吗?不要让秤锤砸了脚啊!

这正是:

秤锤虽然小,

定位须恰好。

不偏又不倚,

方可言公道。

(2019年10月18日《义乌商报》,2019年10月22日《上海法治报》。)

遇到老鼠怎么办

遇到老鼠怎么办？你可能会不假思索脱口而出：打！过街老鼠，人人喊打嘛！

你这样回答，我得批评你。往轻里说，你头脑简单，行事鲁莽。往重处讲，你不知历史，缺少文化，不懂政治。你可知道，对这个问题的回答，足以折射出你的世界观、价值观、人生观。

你不服气？好！咱们来看看一件件史实吧。

周王朝的百姓面对老鼠，选择了逃亡。面对鼠患，奴隶们唱起了民谣："硕鼠硕鼠，无食我黍。三岁贯女，莫我肯顾。逝将去女，适彼乐土。"后经孔圣人编辑，这首民谣堂而皇之地进入了当时唱响主旋律的《诗经》。既然知道鼠害（"食我黍"），百姓又为何不打硕鼠而选择逃亡呢（"逝将去女"）？因为按照当时的法律制度，硕鼠处于合法地位。百姓把自己血汗浇灌的黍给硕鼠吃，是一种义务。硕鼠在行使权利，百姓却不愿履行法定义务，理在硕鼠一边，百姓岂敢轻易言"打"？！再说了，"打"有用吗？对个别硕鼠进行肉体消灭，而保护硕鼠"食我黍"的法律制度还在，鼠之繁殖能力又极强，鼠患不可能根除。就是逃亡，也只是百姓过过嘴"瘾"而已，因为逃亡而使硕鼠无法快乐地食黍，就是犯罪。"普天之下，莫非王土。率土之滨，莫非王臣"的法律制度不灭，百姓是逃不出硕鼠的爪子的。

战国时一位有志青年面对老鼠，选择了学习。据《史记》载："李斯者，楚上蔡人也。年少时，为郡小吏，见吏舍厕中鼠食不絜，近人犬，数惊恐之。斯入仓，观仓中鼠，食积粟，居大庑之下，不见人犬之忧。于是李斯乃叹曰：'人之贤不肖譬如鼠矣，在所自处耳！'乃从荀卿学帝王之术。"李斯看到厕所鼠与官仓鼠的不同生活质量，悟出人生"真谛"，向鼠学习，努力攀上更高平台，终于把自己修炼成了"食积粟""居大庑之下"的硕鼠———秦朝丞相。

唐朝一文一武素不相识的二人面对老鼠,选择了"各尽所能"。曹邺《官仓鼠》云:"官仓老鼠大如斗,见人开仓亦不走。健儿无粮百姓饥,谁遣朝朝入君口?"诗的前一半是对官仓鼠形与胆的写实,后一半所发之问可谓深刻。作为文人,曹邺反映现实,思考社会,引导舆论,他尽责了。875年,曹邺去世的当年,善骑射又屡试不第的黄巢响应王仙芝发动的农民起义,矛头直指曹邺之问的答案:统治阶级。作为民众推举的冲天大将军,黄巢冲锋陷阵,搅得一窝硕鼠不得安生,他尽力了。

面对老鼠时,不妨想想:它的出现,是偶然还是必然?它是只无依无靠单独作案的流浪鼠,还是受保护的贵族鼠?你打它,是对它个体作战,还是与一窝鼠较劲?要明确作战对象,知己知彼,定下战略战术,不打糊涂仗。

面对老鼠时,不妨扪心自问,你对老鼠之恨,是仇恨的"恨",还是羡慕嫉妒恨的"恨"?若是仇恨的"恨",便有说"打"的资格。若是羡慕嫉妒恨的"恨",其实是一种爱,只是对自己暂时未能成为硕鼠而生出的怨。需要提醒你的是,李斯成为官仓鼠后,是被另一只阉鼠赵高给弄死的。一层一个关,一步一个栈,鼠窝里的江湖,也凶险着哩!

面对老鼠时,先看清楚是几条腿的。对四条腿的老鼠,快打莫迟疑。对两条腿的老鼠,宜谋定而后动。

(2019年10月25日《义乌商报》,2020年第4期《杂文月刊》。)

走进青岛悟强大

农历金秋十月,我与全国 50 余位杂文作家应邀到青岛采风。青岛港内,波澜不惊,碧海共长天一色。岸泊巨轮,蓄势待发,货物装卸忙而不乱。当作家们由衷赞叹青岛港的美丽与现代化时,讲解员开始了介绍:青岛港货物吞吐量居世界第六位,作业效率居世界第一位,已建成世界最先进的全自动化无人码头……

不为世界第六之"大"而骄傲,而为是世界第一"强"而自豪。听着讲解员平和语气中透出的坚定与自信,面对着百年沧桑的青岛,我不禁思绪万千,关于"强大"的思辨,潮水般涌入我的脑海。

自古以来,中国能以"大"而引以为傲的资源数不胜数。清朝统治者曾以"天朝大国"的睡眼睥睨世界。然而,盲目自"大","大"而不强,"大"而虚弱,带来的又是什么呢?鸦片战争炮声一响,中华民族陷入了百年灾难与屈辱。

青岛港,面朝黄海,联通大洋,口小腹阔,水深浪平,不淤不冻,天然良港之优势可谓"大"矣。古亦如此,今亦如此。然而,此"大",亦祸亦福。

此"大",曾是"祸端"。德国人看中了此"大",于 1897 年悍然强掳青岛为殖民地;日本人看中了此"大",借列强陷入欧洲战场不能自拔之机,于 1914 年 8 月向德国宣战,在青岛开辟了第一次世界大战唯一的远东战场,11 月,取代德国占领青岛。

此"大",又铸成了一个重要开端。1919 年 5 月 4 日,中国知识分子们奋起担当天下的兴亡,发出"誓死力争,还我青岛"的怒吼,点燃五四运动的导火索,掀开了中国现代史的第一页。

此"大",如今已成为中国人民乃至世界人民的福祉。青岛港作为"一带一路"的重要枢纽和支点,联通五洲四海,去年集装箱吞吐量达

1930万标箱，为各国人民带去了财富和友谊。

我站在青岛山上思考强大。此山第一次世界大战前曾被侵略者命名为俾斯麦山，山上的炮台也被称作俾斯麦炮台。中国的山，竟姓外国的"姓"！国家徒"大"无"强"，何理可讲？！

我徜徉在青岛五四广场思考强大。夜幕下，"五月的风"雕塑如跳动的烈焰，似点燃的导火索。被压迫民族自强的力量，一旦爆发，势不可当！

"大"，往往是规模、数量的属性；"强"，是数量的质的规定性。"大"是"强"的基础。然而，徒"大"不"强"，只躺在"大"的基础上自我满足，而不励精图治追求"强"即质的飞跃，这样的"大"，是低层次的，甚至是危险的。鲁迅先生曾经说："倘是狮子，夸说怎样肥大，是不妨事的。如果是一口猪或一匹羊，肥大倒不是什么好兆头。"

中华民族从未停止过自强的步伐。当前我国经济已由高速增长阶段转向高质量发展阶段。党中央已作出部署："要推进中国制造向中国创造转变，中国速度向中国质量转变，制造大国向制造强国转变。"由"大"向"强"的转变，我在青岛港看到了。

"秋风萧瑟，洪波涌起。"凝望碧海蓝天、绿树红瓦的青岛，我觉得她不仅美丽，而且正在强大！

（2019年11月16日）

荣誉"铜墙铁壁"映出的另类内容

不少单位会有这样一堵甚至几堵墙：墙面金灿灿、银闪闪，挂满了或铜或不锈钢的荣誉牌匾。

授予荣誉，是对工作成绩卓著者的褒奖，是为大众树立学习的榜样。这无疑是正确有益的。但是，评选过多过滥，有害无益。有的基层同志，面对着挂满荣誉的"铜墙铁壁"，就苦不堪言。

随处可见的荣誉"铜墙铁壁"，除了工作成绩，还折射出了什么呢？

荣誉"铜墙铁壁"，折射出官僚主义何其重。

荣誉过多过滥，乱子出在下面，根子却在上面。不顾下属各单位实际情况的千差万别，自己不做深入调查研究，高高在上，盲目设置奖项，命令下级参评，然后授予一个个削足适履的荣誉，这是官僚主义的表现。试想，不管对工作有无促进作用，上级要求下级参评先进，下级焉能不从？上级授予下级荣誉，下级怎敢不接？有的上级，在下发的文件中，直接规定下级应报先进的数量或比例。评选先进、争取荣誉，于下级而言，不是"我要做"，而是"要我做"，甚至是"我不得不做""我不敢不做"。荣誉，成了官僚主义、瞎指挥的产物，怎能令人信服？

荣誉"铜墙铁壁"，折射出形式主义何其盛。

认认真真搞形式，扎扎实实走过场，是一些部门组织评选先进、授予荣誉的真实写照。这些部门把评先进、授荣誉的过程搞得轰轰烈烈、有声有色。于是：

广泛发动，全体动员。

问卷调查，人人过关。

网络投票，必须点赞。

现场直播，嘉宾发言。

先进感言，专家评点。

领导讲话，鼓乐震天。

比婚礼热闹，比葬礼庄严。

基层单位，不胜其烦！

至于所授荣誉，必镌刻于金属牌匾。牌匾越做越大，质地越来越纯，档次越来越高。俭朴务实之风全无，奢华虚荣之态毕见。荣誉"铜墙铁壁"上的牌匾，外表被形式主义擦得锃光瓦亮，在人们心中早已黯然失色。

荣誉"铜墙铁壁"，折射出好人主义何其俗。

在评先进、授荣誉时撒胡椒面，使得利益均沾、人人有份，是一些部门惯用的平衡术。荣誉之价值，在于少而精。作为标杆，荣誉的作用不仅仅是表彰，更重要的是标示出先进与落后的差距，激励先进者百尺竿头，更进一步，鞭策后进者奋起直追。然而，有评先进、授荣誉的组织者，不敢担当，见到矛盾绕着走，以不得罪人、当老好人为原则，降低门槛，多设奖项，参评即有奖。一等奖，特别奖，优胜奖，超群奖，卓越奖，尖端奖……一场文字游戏玩下来，尽显八面玲珑长袖善舞之能事，让所有参评者均抱得荣誉牌匾而归。我说人人好，人人说我好。皆大欢喜，一团和气。我在基层的"群众威信"再上新台阶。真先进被裹挟在伪先进烂泥中的痛苦，劣币驱逐良币的风气，就这样在庸俗的评先进、授荣誉中潜滋暗长。

荣誉"铜墙铁壁"，折射出基层单位何其苦。

上面千条线，下边一根针。评先进、授荣誉中出现的官僚主义、形式主义、好人主义所形成的压力，最后都会一股脑地汇聚到基层单位身上。上边动动嘴，下边跑断腿。荣誉"铜墙铁壁"上一块块金灿灿、银闪闪的牌匾，都蕴含着基层同志们的汗水与心血，问题是：哪些汗水与心血流的是值得的，哪些汗水与心血是为官僚主义、形式主义、好人主义白流的？

站在荣誉"铜墙铁壁"前，听听基层同志们的心里话，制止评先进、授荣誉中的乱象，也是一种为基层减负呀！

（2019年12月8日）

岂可动辄"进校园"

日前，笔者与一位小学校长聊天。说起过多过滥的"进校园"活动，这位校长叫苦不迭："随便什么部门，随便什么工作，随便找个什么理由，都能'进校园'，太任性了！"

这位校长说，法规宣传可以进校园，预防腐败宣传可以进校园，环境治理宣传可以进校园，拆除违法建筑宣传可以进校园……学校和教育行政主管部门好像唐僧，个别要把自己阶段性中心工作变成"进校园"活动的领导、部门，好比法力无边的妖怪。面对妖怪，唐僧毫无还手之力。

领导或部门为什么热衷"进校园"？好大喜功的政绩观使然。把工作变成"进校园"，从表面看，连中小学生都参与了，可见动员广泛，宣传深入，贯彻有力。拍照片，作视频，办展览，发微信，博眼球，入史册，领导脸上有光！领导的领导看见了，说不定还"打赏"哩！

学校和教育行政主管部门为什么不拒绝这些有害无益的"进校园"呢？答曰：学校和教育行政主管部门对其他部门少有约束力，而其他部门多捏着教育的命门。管钱的部门得罪不起，执法的部门惹不起，对能在年终考核时打评价分的部门更得笑脸相迎，恭敬有加……

一个身段柔软怯懦无力拒绝，一个欲火中烧迫不及待地要进入，于是：

随便什么人都可以"进校园"。豫北某市一个区领导心血来潮，要让道德教育进辖区小学。置国家颁布的思想品德教育教材于不顾，他拼凑了本道德读本小册子，亲自为小学生上道德课，教育孩子们"日行一善"。大小媒体点赞叫好，教师爷风光无限。然而，照妖镜让这位道德教师爷现了原形：长期与多名女性关系不正常；索贿、卖官，吞赃800多万元。贪官、流氓进校园给小学生上道德课，这玩笑开得让人想哭!

　　随便什么内容都可以"进校园"。这位校长举了很多让人哭笑不得的"进校园"的荒唐例子。其实，瞧瞧过去就不难看清楚现在。当年计划生育宣传"进校园"，小学生上街举着小旗高喊："爸妈只生一个好!"还没进入青春期的小学生对"生"并不懂。况且，小学生对父母生几个，能有多少约束力呢？高级的幽默是让人想想再笑。"进校园"活动，有几个让人想想不笑的呢？

　　最近一个部门要"进校园"做问卷调查，可事先又把"标准答案"发给小学生。于是，面对提问，有了统一的回答。

　　你是通过什么方式知道学校正在创建文明校园的？答：通过晨会、班队会、板报、电子屏幕、家长信、学校微信平台等方式了解的。

　　请对师德师风建设进行评价。答：我校师德师风良好……

　　部门通过"进校园"，把"标准答案"强行刻录在孩子的脑子里，乍看起来荒诞可笑，可是，细想，这是不是在摧残孩子的思考能力和表达自我的独立意识？可怕!

　　随便什么时候都可以"进校园"。对一些不合适的"进校园"，学校和教育行政主管部门也是会抵制一两下的，但是，有用吗？于是，教学规律被忽视，教学进度被打乱，教学质量被降低，学校被迫承办"进校园"活动"流水席"，全天候待客，态度还得好，必须的!

　　泛滥的"进校园"活动引出了各地治理这一乱象的规范性文件。浙江省《关于规范中小学进校园活动的实施意见》明确规定，对"进校园"活动坚持从严认定，凡未经审核认定的活动，一律禁止进入校园或组织中小学生(幼儿)参加。

　　规范性文件具有行政约束力。动辄要"进校园"的官员或部门，请记住"不作就不会死"的道理，千万不要违规呀!

　　（2019年12月21日《义乌商报》，2020年第8期《杂文月刊》。）

当官不修衙

俗话说，当官不修衙，修衙不当官。意思是对衙门过于讲究的官员，官运不会长久。

说这句话"俗"，是因为此话既非圣人、学者所言，也不是哪个大官总结出来的高深理论，而是如光洲这样普通得像田地里的泥土一样的百姓所说，已口口相传了不知多少代。光洲认为这话有道理。

可是，有的官员就不认同这句百姓说的大实话，甚至要反其道而行之。郑州高新技术产业开发区城管局局长、综合执法大队大队长就是这样的人。

这俩官员要花500万元对新办公楼进行升级再装修。此事经媒体曝光后，招来不少网友的唾沫。在一浪高过一浪的质疑声中，当地进行了调查处理：解除局长、大队长的党政职务；对发现的涉嫌违规违纪问题移交纪检监察机关处理；中止该装修项目，责成城管局全面整改。当官不修衙，修衙不当官，这话虽俗，却再次应验了。

当官不修衙，修衙不当官，这不仅是对当官与修衙之间关系的总结，也包含着百姓对父母官的劝勉与期许，以及对作威作福鱼肉百姓官吏的诅咒。

过去，素来以能够忍耐著称的中国百姓，多有"好官""清官"情结。官员沉醉于官衙的豪华舒适，又怎能耐得住案牍的辛劳与审慎思考的寂寞？对期盼出现的"好官""清官"，百姓好心提醒甚至默默祈祷他"当官不修衙"；对只注重修衙耍官威的官，百姓自然诅咒他"修衙不当官"。郑州高新技术产业开发区城管局的局长和综合执法大队的大队长，用纳税人的钱修衙摆排场，辜负了百姓的期望，百姓当然唾骂。摘掉他们的乌纱帽，百姓拍手称快！

除了追求豪华外，当代热衷于修衙的官员还另有一个嗜好，那就是迷信。

广州白云国际机场股份有限公司原党委委员徐向东,把自己的办公室布置成风水局,以"藏气聚气""挡煞消灾"。本应是为人民服务的场所,却成了求鬼神显灵的道场!

官衙的气派吓唬不了老百姓,官衙的风水也护佑不了官员,注重修衙往往还预示着颓势。秦王朝阿房宫覆压三百余里,极具威严,占尽天地之利,却经不住迁徙之徒"王侯将相,宁有种乎"之问,反而催生了造反者"大丈夫,当如是耳"取而代之的雄心。洪秀全率太平军从广西金田村一路北上,所向披靡,打到南京,一开始修衙,即出现了由胜转败的拐点。随着上风上水奢华的天王府和其他各王府的落成,洪秀全们过上了比清朝皇帝、王爷还奢靡的生活。洪秀全们离神更近了,离士兵百姓更远了,被剿灭只是迟早的事了。衙门越豪华,官员越威风,百姓与之就越对立,这是个历史规律。

郑州高新技术产业开发区城管局局长、徐向东修衙,都有悖民意,都有违关于反对"四风"的规定,最后都被清除出党了。

在光洲看来,当官不修衙,修衙不当官,这句俗话确实有一些道理,党心与民意是相通的。

(2020年1月4日)

辨析西门豹的一声叹息

"西门豹治邺"的故事出自《史记·滑稽列传》。可是，这篇文章并非司马迁所写，而是西汉史学家、经学家褚少孙增补进去的。故事的前半部分写得详细，引人入胜。后半部分写得简略，一般人印象不深。但是，恰恰是后半部分，西门豹的一声慨叹，却给后人留下了思考与探索的空间。

西门豹到邺县当一把手，调查得知邺县基层干部和巫婆勾结起来祸害群众：以给河神娶妻免水灾为名，勒索百姓钱财，每年还要把一名百姓家的少女投入河中淹死。许多人家被迫逃离邺县。西门豹以其人之道，还治其人之身，在河边开现场会，先后把巫婆及其女徒弟投入河中，让她们去和河神联络。这些家伙被淹死后，再也没有人敢提为河神娶妻了。这是西门豹治邺的前半部分，写的是治邺的革命。褚少孙原文写得张弛有度，幽默痛快。

西门豹治邺的后半部分，是在消灭了革命对象后，推进邺县新的建设事业——修水渠灌溉农田。对此，百姓不仅不支持，反而多有不满："当其时，民治渠少烦苦，不欲也。"大家觉得麻烦辛苦，不愿意干！

西门豹这个封建官僚发出了极具地主阶级局限性的感慨："民可以乐成，不可与虑始。"

之所以感慨，是百姓对他推进的事业不理解；百姓不理解，是因为他看不起百姓，认为百姓"不可与虑始"。此处褚少孙着墨不多。细细揣摩，才可见西门豹的孤独与狭隘。

人民是历史的创造者。新政，改革，建设，凡是符合人民利益的事业，都应争取人民的理解与支持。

商鞅变法，与西门豹的"民可以乐成，不可与虑始"不同，而是开始即徙木立信，获得越来越多平民的支持，大功告成。

王安石变法，与西门豹的"民可以乐成，不可与虑始"相同，开始就没有得到农民的理解，新法反而成了地主阶级向农民转嫁负担的工具，最终失败。

旧民主主义革命时期的中国资产阶级屡战屡败的原因之一，也与西门豹的"民可以乐成，不可与虑始"相同，即没有得到人民群众的理解与支持。

历史的教训是血和泪凝成的。鲁迅先生让这些血和泪鲜活起来，化作文学作品《药》与《阿Q正传》。革命者夏先生向属于被压迫阶级的狱卒宣传共和：这大清天下是我们大家的。得到的回应是狱卒打过来的两个耳光。夏先生被砍头，百姓竟来蘸他的血做药。至于阿Q，这个社会最底层的受苦受难者，本应是革命的主力军和受益者，想反抗时却说要"投降"革命党，对革命的憧憬便是抢占秀才娘子的宁式床，把全村女人品评一遍……人民对资产阶级的革命如此理解，其事业焉有成功之理？

中国共产党代表着人民的根本利益。与西门豹的"民可以乐成，不可与虑始"截然相反，无论在革命时期，还是在社会主义建设和改革开放时期，一切为了群众，一切依靠群众和从群众中来，到群众中去的群众路线，都是党的生命线和根本工作路线。只有让人民理解了党的初心和使命就是为中国人民谋幸福，为中华民族谋复兴，才能赢得人民的理解、支持、拥护。

在复杂条件下，群众可能对眼前利益与长远利益、个别利益与根本利益一时认识不清，就更需要党的引领。干部不领，水牛掉井。若听到群众的不同意见，即如西门豹一样认为"民可以乐成，不可与虑始"，那么，就脱离了群众路线，就背离了为人民服务的宗旨。

西门豹最终还是把水渠修成了，但是，对于修渠的过程，褚少孙没有记一个字，只在文末写道："西门豹治邺，民不敢欺。"

由"不敢"二字，可见当时他走的不是群众路线，而是用了强制手段。这一点对正在走法治化道路的当代中国，无借鉴价值，更不能效仿。

当然，西门豹先到群众中调查研究，再回到群众中开现场会，淹死巫婆，破除迷信，用事实启发群众觉悟，走的是群众路线，这点还是值得肯定的。

（2020年1月12日）

轻松回家过年

有钱没钱，回家过年。

回家过年，是咱中国人的传统。无论山重重，无论水迢迢，无论腰缠万贯，无论不名一文，无论身披锦绣，无论衣衫褴褛，无论著述等身，无论拉车搬砖，到了春节，总是要回家的。

可是，近些年，一些在异乡工作的人，却怕春节回家：

挣到钱怕，怕早已有人等着揩油；

没有挣到钱也怕，怕在别人面前抬不起头；

混了个一官半职怕，怕别人上门来"借"权；

没有当上官也怕，怕被别人看"扁"；

带着对象回家怕，怕对象看不起自己的穷家，或怕老人看不上自己带回来的那个她；

没有对象也怕，怕被逼着相亲，怕那边催着等回答……

回自己家，你怕个啥？！想想为什么回家？

为了亲情！为了亲情你才回的家！

真正与你有亲情的人，有几个会专门为难你？与你没有亲情的人，他有什么资格为难你？他的话，你可听，也可不听。

想想，真正让你怕的，是不是虚荣心？

嘴巴长在别人身上，怕他说又有什么用？

放下虚荣，回家吧！素面朝天地回家吧！

放下顾虑，回家吧！心安理得地回家吧！

放下功利，回家吧！像倦鸟归林，像老牛进圈，像玩累了的小孩子拱进妈妈怀里那样，慵懒甜蜜地回家吧！

带上你的爱，回家吧！爱你的人，你爱的人，正在等你回家！钱多钱少，官大官小，文人粗人，谁能没有家！

春节,是我们心中的一个重要时间节点。家人,是我们人生"作品"不可或缺的鉴赏者。

在一元复始、万象更新之际,回到家人身边,回到自己的心灵港湾,卸下一年的疲惫,重拾往日的自信,燃起对来年的希望,不亦乐乎?

带上自信带上爱,轻松回家过年吧!

光洲祝您新年吉祥,阖家幸福!

(2020年1月14日)

临事而何

疫情来袭,全民动员。事发突然,危害严重。对此,我们应有怎样的基本态度呢?

日前,央视《新闻联播》中一位即将奔赴武汉防控疫情的医生,面对镜头表明了自己的态度:"说心里话,我也害怕。但是,自己是医生,我必须赶到一线,职责所在!"

这位白衣战士的话语朴实,但耐人寻味。面对危及生命的病毒,谁不害怕?害怕,是人的本能。作为医生,他对新型冠状病毒的危险程度有更多的了解,他有理由"害怕"。然而,他同时牢记自己的职责,担当意识毫不含糊,义无反顾地奔赴防控疫情一线,当赞!

孔子曰:"暴虎冯河,死而无悔者,吾不与也。必也临事而惧,好谋而成者也。"意思是赤手搏虎,徒步过河,死也不后悔的人,我不会和他共事。遇事格外谨慎小心,善于谋划而后再做决定的才是成功者。

临事而惧,好谋而成的态度对我们防控疫情颇有益处。

新型冠状病毒是普通人乃至医学界以前没有遇到过的。面对这种病毒,置其危险程度于不顾,粗枝大叶,盲目侥幸,逞匹夫之勇,这种"临事不惧",无异于"暴虎冯河"。病毒绝不会因为你"不惧"而不要你的命。

面对这种病毒,只"惧"而无"谋",不相信科学的力量,不做冷静分析,不以科学的措施对自己负责,对周围的人负责,对所担负的工作负责,悲观失望,无所作为,这无异于坐以待毙。

临事而惧,要求我们在生活和工作中,在面对疫情时,都要有如临深渊、如履薄冰、如临大敌的谨慎。在处理与疫情防控的相关情况时,必须有举轻若重的审慎。这种"惧",不是胆子大不大、勇敢不勇敢、怕死不怕死的问题,而是科学与愚昧的区别,是对生命的尊重,是对自己、家庭乃至事业负责任的体现。

好谋而成，要求我们树立战胜疫情的信心，精心谋划，科学施策，以系统的综合措施全面防控新型冠状病毒的蔓延。作为个人，务必从自身做起，科学防治，积极贡献力量。

作为担任一定责任的领导者和工作人员，要树立一盘棋思想，明确自己在疫情防控中所担负的工作，守土有责，发扬奉献精神，要有功成不必在我，功成必定有我之胸怀。

生命重于泰山，疫情就是命令，防控就是责任。您能交出一份怎样的答卷？

临事而惧，好谋而成。圣人的话，对您可有启发？

（2020年2月4日）

休要坐地起价"造"行情

瘟疫，让正常人又怕又恨，唯恐避之而不及，又欲彻底灭之而后快。然而，眼下却有一小撮人乐于与之为伍，以疫情当行情，大发其财，称之为疫期奸商，实不为过也。

疫期奸商，挟"疫"自重，坐地起天价。他们不顾百姓死活，恨不得把手中防疫用品价格涨上天。

据新华社报道，贵州侗润堂药业连锁有限公司违法要求下属药店统一大幅提高口罩销售价格，将进价12.8元/个的口罩，销售价格提高至49元/个，进销差率近300%。

最高检发布首批十个妨害新冠疫情防控犯罪典型案例中，有市民举报廉江市福本医疗器械有限公司在天猫平台上，把平时售价50元一盒（50个独立包装）的一次性医疗口罩，涨价至600元。

疫期奸商，以"疫"待劳，欺诈消费者。一些电商乘防护用品紧俏之机，先在网上称有货，引诱急于求购的消费者注册其App下单、付款，再单方面取消订单、退款，或以缺货为由进行胁迫捆绑销售。奸商卖货是假，推广App、套取消费者个人信息是真。捆绑销售，更是强塞垃圾货。

疫期奸商，以"疫"遮目，制假售假，甚至空手套白狼。6分钱一只的假口罩，被他们当作3元一只的真口罩卖，半天卖出106万只，牟得暴利。北京顺义公安分局杨镇派出所日前就破获一起案件，犯罪嫌疑人通过朋友圈卖口罩，收完款就拉黑。

口罩、消毒液、测温仪等防疫用品，关乎亿万人的生命，竟被利欲熏心的疫期奸商当作了赌桌上获利的筹码！

玻璃商希望天天下冰雹，律师希望人人打官司，棺材铺老板希望家家死人。这是丑恶人性的写真。疫期奸商，你的心肠若也如此之黑，社会主义核心价值观和法治岂能容你？！

魔高一尺，道高一丈！

疫期奸商，正陷入人人喊打的境地。

国家市场监管总局已曝光了七批各地疫情防控商品价格违法典型案例。贵州侗润堂药业连锁有限公司罔顾告诫，哄抬物价，已被罚款180万元。

司法机关重拳砸向相关犯罪。把50元一盒的口罩涨价至600元的犯罪嫌疑人已被批准逮捕。

中消协正在调查相关欺诈销售案件。

国家发改委相关负责人表示，依法查处捏造散布涨价信息、哄抬物价、串通涨价等价格违法行为。特别是加强产品质量监管，对售卖假冒伪劣商品的，依法采取更加严厉的惩罚措施。

君子爱财，取之有道。众商家！面对疫情，你是急公好义，还是急功近利？这是个大是大非的问题！广大消费者、你的下一代和国家执法部门都在盯着你！

光洲郑重奉劝你：

休要坐地起价"造"行情呀！

（2020年2月20日《义乌商报》，2020年2月28日《讽刺与幽默》。）

口罩代表你的心

人恋爱时,智商归零。光洲认为言之有理。不信?有歌为证:"你问我爱你有多深……月亮代表我的心。"

月亮是一个死寂的大石球,布满了尘埃和其他天体撞出的大坑,没有生命。用这么个没用的死疙瘩代表爱与心,爱得死去活来的男女是不是昏了头?

看来,什么能真正代表当事者的心,不一定是其本人能说得清的。

眼下,什么最能代表国人之心呢?

据光洲观察,不辞辛劳,甚至牺牲自己去抢救更多同胞生命的行动,最能代表战"疫"前线白衣战士们的爱国、爱人民之心。而口罩,则更能代表不在战"疫"前线普通人的心。

面对突如其来的瘟疫,大多数国人听专家的建议,服从特殊时期的社会管理规定,按要求戴口罩。外在的口罩,展示着人们内心对病毒的警惕,展示着人们内心对生活生命的热爱,展示着人们内心对科学的信心,展示着人们内心对公德的遵守和对法治的敬畏。一句话,口罩代表咱的心。

当然,在该戴口罩时不戴,或利用口罩发国难财的行为,也能代表一些人的心。

南宁一男子进银行手拿口罩却拒绝戴。民警来劝说,他声称:"打过预防针,嘴对嘴都不会传染"。没有正确到位的口罩,代表着他内心自爱与自贱的错位!

康定高速路检查点,一女子拒绝戴口罩,不配合检查,且自称是医务人员,给民警"上课"。拒绝戴口罩的同时,这个女士的诚信和谦虚碎了一地,心中只剩下愚昧了!

莆田一妇女拒戴口罩,闯超市。民警劝说,她竟辱骂民警并挑衅性地到处吐口水、吐痰。这个挑衅者，在抛掉口罩的同时已在践踏法律了！

在最高人民检察院发布的妨害新冠疫情防控犯罪典型案例中，有的犯罪嫌疑人制售假口罩，有的犯罪嫌疑人把口罩涨价至平时的 12 倍。伪劣口罩和天价暴利，映出一颗颗贪婪的黑心！

口罩，不仅代表着个人的科学意识、公德意识、法治意识，而且还反映着民族的凝聚力和政府的担当。

疫情初期，各地口罩都不宽裕。但是，武汉不断收到全国各地捐赠的口罩。一方有难，八方支援。口罩承载着中华民族强大的凝聚力。

2020 年 3 月 2 日，国家发展改革委宣布，至 2 月 29 日，全国口罩日产能达到 1.1 亿只，日产量达到 1.16 亿只，分别是 2 月 1 日的 5.2 倍、12 倍，进一步缓解了口罩供需矛盾，其中，N95 口罩日产能产量有效解决了一线医护人员的防护需要。关键时刻，国家强大的生产组织能力，迅速解决了战略物资的紧缺。口罩，承载着政府为人民服务之心。

滴水虽小，可以折射太阳的光辉。口罩虽薄，却代表着人心和政府作为。

你戴不戴口罩，你如何解读口罩？请慎之。因为，在这个特殊时期，口罩真能代表你的心。

（2020 年 3 月 6 日《义乌商报》，2020 年 3 月 13 日《讽刺与幽默》。）

是领导就可以多得？

在单位上班，如何得到更多的收入？《中华人民共和国宪法》的规定十分明确："社会主义公有制……实行各尽所能、按劳分配的原则。"一句话，多劳多得。

然而，陕西省安康市中心医院的回答却不同，其逻辑是：领导等于多得。3月4日，网友在京报网上爆料，该院"领导拿的补助比援鄂一线的都惊人"。该院院长、副院长已被免职。

抛开多劳多得，奉行领导多得，是个例还是普遍现象？光洲没有能力做全国性的调查，不敢妄下结论。但是，对于多劳多得之利，与领导多得之弊，光洲还是知道些的：

多劳多得，保护的是分配公平。领导多得，维护的是身份特权。

无数先烈抛头颅洒热血，就是为了建立人人平等的社会主义制度。按劳分配，多劳多得，不劳动者不得食，就是对剥削制度的否定。若当今领导也凭官位而多得，岂不是剥削制度又还魂了？若允许领导多得大行其道，先烈的血岂不是白流了？！

多劳多得，促进的是实干兴邦。领导多得，铺设的是腐败温床。

劳动创造了人。劳动人民始终是推动社会进步的力量。崇尚劳动光荣，尊敬劳动者，坚持多劳多得，才能为中华民族伟大复兴凝聚起强大的正能量。鄙视劳动，以官为贵，以劳动者为贱，让多劳者少得，让领导凭身份强势多得，势必形成跑官、要官的无耻风气。

多劳多得，强化的是团结。领导多得，导致的是割裂。

公平合理的分配制度，是团结的基础。基础不牢，地动山摇。"岂曰无衣？与子同袍。王于兴师，修我戈矛。与子同仇！"利益上的同甘共苦，带来的是战无不胜的同心同德。"不稼不穑，胡取禾三百廛兮？不狩不猎，胡瞻尔庭有县貆兮？彼君子兮，不素餐兮！"剥削，导致的是被统治者与统治者的离心离德,甚至激化阶级矛盾。红军官兵平等,白军军官克扣军饷喝兵血。哪支队伍上下同欲?哪支队伍得天下?历史已经作答。

为什么领导多得在某些时候、某些单位还会露头?一是由于封建的"官本位"思想流毒还未彻底肃清。二是又有人走私来了假冒的洋货——高薪养廉。三是监督还不够给力。

领导牢记为人民服务的宗旨,"官本位"便无生存的土壤。

领导养廉用理想信念而不是用高薪,便不会有难平之欲壑。

领导自觉接受群众监督,常在阳光下晒一晒,无论是封建余毒,还是洋病菌,统统会被杀光。

看来,解决领导多得问题,关键还是在领导!

如果领导不自觉呢?咱人民群众要大胆监督,因为国家是我们的!

(2020年3月13日)

千万别惯着

出来混，迟早是要还的。

可是，在瘟疫蔓延、公众生命遭受严重威胁时，竟有人为了自己"混"得潇洒，不惜给疫情火上浇油，全然没有过要"还"的打算。

郑州的郭某鹏就是这样混的。

3月1日，郭某鹏从国内出发，去意大利看球赛。球赛因疫情取消。郭某鹏并未马上回国，而是在阿联酋、意大利、法国之间飞来飞去，3月7日才回国。从境外疫区回来后，他乘坐高铁、地铁，到单位上班，去食堂吃饭，开车带同事……完全把自己混在了健康人群中。当然，不得不说的是，3月9日，他的一次行动是单独进行的，没有再与同事在一起——独自上药店买了感冒药！警察打电话问他是否去过国外，他否认，他母亲也否认。警察上门，看到他满头大汗，他解释说是喝板蓝根喝的……3月10日，他被确诊新冠肺炎，他的母亲被确诊，他的妻子被确诊……

郑州，这座上千万人口的省会城市，经过全民抗疫，本来已连续10多天没有新增确诊病例、疑似病例，很多市民觉得摘口罩的日子已经不远了。因为郭某鹏这么一混，全城紧张……

出于人道，一般情况下，公众对病人要同情、帮助。可是，对这种只顾自己混得痛快，不惜危害公众健康，默默做"传染源"并快乐着的病人，你能生出同情心吗？

这些混家只顾出来混，且不打算还——承担相应的义务，对自己的行为负责，咱们公众能答应吗？

舆论谴责会让他们"还"。以后他们还能受到社会的欢迎吗？

诚信记录会让他们"还"。谁会愿意帮助一个敢于撒要命之谎的人呢？

法律规定会让他们"还"。刑法规定，拒绝执行卫生防疫机构依照传染病防治法提出的预防、控制措施的，以及对违反国境卫生检疫规定，引起检疫传染病传播或有传播严重危险的，处以有期徒刑或罚金。

据报道，郭某鹏出入的大楼内的一家律师事务所已经提起诉讼，要求郭某鹏赔偿给其造成危险的损失。

唐山市政府已推出规定，刻意隐瞒接触史、旅居史，故意谎报病情的境外入唐人员，本人一旦感染新冠病毒，所有相关治疗费用自担。

对那些只顾"混"不打算"还"的人，不能让他们有任何光可沾，必须让他们从道德声誉、法律责任和金钱利益上"还"，决不能惯着！

（2020年3月20日）

"倡议"离开太匆匆

发出倡议，自然希望响应者众，影响力大，持续时间久。甘肃省市场监督管理局却与众不同。3月19日，该局发出了一份倡议书，到3月21日，这份倡议书已在该局自己的官网上消失得无影无踪。倡议者为何如此"谦虚"，这份倡议书又是怎样的奇葩呢？

奇文共欣赏，疑义相与析。光洲从人民网上找到了这份倡议书。如此尤物，不敢独享。照录如下，以飨诸君：

全省市场监管系统广大干部职工：

我省餐饮业受新冠肺炎疫情影响损失惨重，大伤元气。为提振民众消费信心，助力餐饮企业渡过难关，现倡议如下：

一、党员领导干部要带头"下馆子"，以实际行动体现社会责任。每周消费不低于200元。

二、鼓励干部职工及亲属带头"吃喝"，引导和带动身边群众尽快恢复消费信心。

三、通过实际消费体验，更好地了解指导餐饮业落实疫情防控和复工营业要求，带头使用"公筷公勺"，推行文明餐桌，引导民众摒弃饮食陋习。

四、严格廉洁规定，消费个人付费。

甘肃省市场监督管理局
2020年3月19日

果然不同凡响！

此倡议令人见识大长。主动承担分外的社会责任，当然高尚。只是，社会责任自古便无计量单位，不然，肩挑100千克或挥舞10米长社会责任者，就会比手捏1克或腰别半米长社会责任者更高尚。甘肃省市场监督管理局倡议"党员领导干部要带头'下馆子'，以实际行动体现社会责任。每周消费不低于200元"。疫情之下，社会责任已可计量或计价，其单位为元，与钱一样，真乃前所未闻。如此重大发现与首倡精神，试问天下谁能敌？！

此倡议催人上进。"鼓励干部职工及亲属带头'吃喝'，引导和带动身边群众尽快恢复消费信心。"怎样鼓励？是授"吃喝"荣誉，戴"吃喝"红花，颁"吃喝"奖状，发"吃喝"奖金？还是赐"吃喝"官爵，树"吃喝"丰碑，立"吃喝"本纪世家列传，昭告天下，激励当代，示范后人，流芳千古？究竟如何鼓励，倡议书并未写明白，只是"犹抱琵琶半遮面"！去吃吧，领导会看在眼里。去喝吧，领导会记在心上的。去吃喝吧，鼓励会落在你头上的！

此倡议让人生出打"吃喝持久战"的恒心与韧性。甘肃省市场监督管理局发出倡议的目的是"提振民众消费信心，助力餐饮企业渡过难关"，方法是"通过实际消费体验，更好地了解指导餐饮业落实疫情防控和复工营业要求"。当然，还要"带头使用'公筷公勺'，推行文明餐桌，引导民众摒弃饮食陋习"。任务是艰巨的，使命是光荣的，吃喝是长期的。想通过一两次使用公筷公勺的吃喝，就"更好地了解指导餐饮业落实疫情防控和复工营业要求""引导民众摒弃饮食陋习"？这个短期打算是错误的，因为倡议对党员干部下馆子的要求是"每周"！

此倡议使人感受到了某种关心与暗示。虽为倡议，但毕竟是官方发出的，必须严肃，所以，倡议的最后像模像样地写道"严格廉洁规定，消费个人付费"。把刚性的廉洁要求写进可做可不做、可多做可少做、可这样做也可那样做的倡议中，此间温度，你懂的。

这么好的倡议，为何一露头就消失了呢？是不是网友们的"嘘"声倒彩使然？甘肃省市场监督管理局能不能给个权威答案呢？

甘肃省市场监督管理局的倡议书撤下来了，其他省、自治区、直辖市或部门会不会推出唱和佳作？若有，尽快呈上。

只要是形式主义的幺蛾子，光洲都乐于评析解剖，免费不谢！

（2020年3月27日）

面对黄山说教训

"薄海内外，无如徽之黄山。登黄山天下无山，观止矣！"徐霞客的这一段赞叹，被后人凝练成了"五岳归来不看山，黄山归来不看岳"，意即东西南北中五岳代表了天下众山的特点，而黄山又集中了五岳之美。游览了黄山，就没必要再到五岳及其他山上观光了。黄山之美，已成公理般的存在。

然而，看了2020年4月5日黄山一段实况视频，光洲不仅没兴趣再研究黄山之美，反而把心提到了嗓子眼，因为画面上满满的都是隐患，隐患背后，都是教训。

视频中人头攒动，人挤人，密切接触已无安全距离可言。拥堵的人流2小时行进不到1公里。更让人提心吊胆的是，拥挤的人群中，竟有人未戴口罩！这种状况，与黄山市文化和旅游局推出的一项政策有关：4月1日至14日期间，安徽省市民凭身份证、未成年人凭户口簿，免黄山风景区门票（黄山市市民除外）。

政策就是指挥棒，导向作用立现。4月4日、5日，清明小长假一开始，黄山客流立马蹿升，人满为患。

黄山景区不得不在两日一大早发布"限流"通知，每天限制客流2万人，达到2万人就停止售票。景区工作人员提醒，游客要在早上5时40分排队购票。爆满的人流在5日引发舆情。当晚，黄山方面公开致歉。

黄山市文化和旅游局推出"免票"政策，也许是为了缓解旅游业面临的压力，刺激经济，活跃群众精神文化生活……这些初衷不能说是坏的，但是，实际效果呢？恐怕该局自己也不好意思说"好"吧。

黄山景区客流爆满、隐患剧增的教训在于：

预判脱离实际，政策脱离疫情，管理和服务必然被动。

"免票"政策能吸引多少客流？2月底，没有实行"免票"政策，景区重新开园当天，只迎来了一位游客。如今"免票"，久"宅"的市民按捺不住要游玩，客流井喷，显然出乎黄山市文化和旅游局的预料。

凡事预则立，不预则废。了解当前群众的心理与需求，做好预案，是疫情期间做好社会公共服务工作的基础。

同样是做旅游服务管理，北京颐和园、圆明园、玉渊潭、动物园等多家公园就实施了预约游园制度。这些公园旅游秩序井然。因为这里的决策者们把对相关情况的预判与疫情、政策紧密结合起来了。

作为百姓，看别人吃了一堑，咱能否长一智呢？清明小长假，已有人把黄山旅游变成了看后脑勺。咱是不是也该扔掉"人从众"心理，不再盲目凑热闹呢？

您可能会说，光洲啰唆这么多是马后炮。别忘了，清明小长假一过，五一假期就向我们走来。眼下安排工作与生活，若忘了疫情，可真不是闹着玩的。

（2020年4月10日）

谁"怕"谁

史学家治学，方法各异，有埋首正史的，有偏爱野史的，有在古人笔记中寻章摘句的，还有热衷掘坟开棺的。门径有别，但目的大体一致：从研究历史现象入手，解析当时的社会状况，总结出规律，指导现在的人走好以后的路。他们的用心大多是好的，但是，走弯路者居多，事倍功半。

依光洲拙见，搞清楚"谁'怕'谁"，历史上的政治生态便可清晰呈现，今人当吸取之经验教训，也会立马历历在目。

"谁'怕'谁"，堪称史学研究之捷径，事半功倍之密钥。

上"怕"下，国泰民安。唐太宗李世民常与人探讨隋朝灭亡的原因，深知人民造反力量巨大，常以"水载舟亦覆舟"自警自省。李世民很怕爱提意见的臣属魏徵。魏徵请假回家上坟，回来后问李世民："听说皇上要到南山游玩，一切都准备好了，为什么忽然又不去了呢？"李世民笑答："本来是要去的，怕你责怪，就中止了。"上"怕"下，贞观之治一内因也。

下"怕"上，民反国亡。无论臣属还是奴隶，都很怕殷纣王。纣王残暴，发明炮烙之刑，以折磨犯人为乐。他把忠臣比干剖胸挖心，逼迫掳掠来的奴隶为他打仗卖命。然而，哪里有压迫，哪里就有反抗。牧野之战，奴隶倒戈，纣王自焚。营造了骇人听闻的血腥统治，却丢了殷商六百年的江山。下"怕"上，亡国祸根也。

邪"怕"正，风清气正。南宋理学家、政治家徐侨正直廉洁爱民，且疾恶如仇。徐侨尝言："己以廉而不能戢吏之贪，犹己贪也；心乎惠民而不能摧奸以达惠，犹无惠也。"意思是自己廉洁，却不能制止下属小吏的贪婪，还是自己贪婪；想给百姓以实惠，而不能摧毁阴险狡诈的阻挠使百姓真正得到实惠，还是等于没有惠民。徐侨提点江东刑狱的任命一公布，不少贪官污吏深知他决不可能枉法宽纵，闻风纳印去职。正气足，邪祟自退。

正"怕"邪，秽气熏天。阉党头子魏忠贤炙手可热之时，朝中文武争相附之。历史学家蔡东藩曾说："当日明臣……大多贪鄙龌龊，毫无廉耻，魏阉得势，即附魏阉。"正怕邪，天下难寻廉耻！饱读圣贤的士大夫与彪悍的武将，争当魏忠贤的干儿子、干孙子。从京城到各地，均建有魏忠贤的生祠，官员顶礼膜拜。正"怕"邪，一般的怕还不行，必须喊爹叫爷忠心热爱！朝纲焉能不坏！

官"怕"民，朝乾夕惕。毛泽东在延安，听到有妇女咒骂他："打雷咋不劈死毛泽东呢？"手握重兵的毛泽东不仅没有震怒，反而耐心了解妇女不满的原因，从而迅速纠正了边区政策执行中的偏差。为了人民的利益，随时检讨自己的错误；为了人民的利益，坚持不懈地斗争。这种把人民当主人、把自己当仆人的谦逊与勤勉，是多么的伟大！

民"怕"官，道路以目。曾经，百姓都怕周厉王，忍受不了他的统治，在背后发牢骚。周厉王得知后，派出耳目监视百姓，严惩"杂音"制造者。百姓怕这些当官的，路上相见，不敢出声打招呼，只能相互使眼色。然而，这种无声的"怕"，却聚成了雷霆万钧的国人暴动，不可一世的周厉王夹着尾巴逃跑了。民怕官，只是地震前的沉寂！

谁"怕"谁，是政治生态的一个重要标志。光洲从不忽悠人。

（2020年4月24日）

佳作自有真性情

论述人才的文章,通篇不见"人才"二字;

记叙一座大楼的文章,人们读后不知楼有几层,占地多少;

为一场宴会而写的命题作文,下笔即离标准答案甚远,让出题人直皱眉……

这样的文章,若按常规评判,可能已属跑题,得分在及格线以下。

然而,当我告诉你,这三篇文章,分别是韩愈的《马说》,范仲淹的《岳阳楼记》和王勃的《滕王阁序》呢?你也许又要赞叹:千古名篇啊,传世佳作啊,字字珠玑啊……

为什么一时的世俗评判和经过时间过滤后的历史结论,如此悬殊呢?

答案在文章和作者本身。

文如其人。真正的雄杰才俊,必有异于庸人的独到见解,其为文,或独辟蹊径,惊世骇俗;或阐幽探赜,明心见性;或旁征博引,汪洋恣肆。焉能落中规中矩之俗套?

千里马,伯乐,人们耳熟能详,不觉其新,而韩愈却以此二者为喻体,讲前人未讲之话,论前人未论之理,鞭辟入里,不同凡响。

岳阳楼,唐朝旧楼,宋代新修。新旧迥异,更替颇多。范仲淹没有让自己的笔墨浪费在砖头瓦块繁冗枝节上。他借楼俯视洞庭长江,洞察迁客骚人的种种心境,梳理自己"求古仁人之心"的心路历程,抒发"先天下之忧而忧,后天下之乐而乐"的情怀,前无古人。

滕王阁,本是洪州都督阎公借宴宾客之机,让其女婿炫耀文采(事先写好文章,只待展示)的舞台。年少才高的王勃即兴发挥,吟出"落霞与孤鹜齐飞,秋水共长天一色"之绝唱,道出"无路请缨,等终军之弱冠;有怀投笔,慕宗悫之长风"等怀才不遇的惆怅,千百年来,共鸣不绝。原本要露脸的乘龙快婿锦绣文章，在王勃作品面前，黯然失色，连做绿叶的资格也没有。

佳作自有真性情。韩愈以马论人才，因其本人才高多独立见解，屡遭贬官，备受压制，故能为天下人才鸣不平。

范仲淹多有政绩，虽屡遭贬斥，却胸怀大志，故登楼而思，"居庙堂之高则忧其民；处江湖之远则忧其君"。

王勃才高八斗，少年及第，却在统治集团内部的相互倾轧中做了牺牲品，政治上难于安身，韶华流逝，不由感叹："时运不齐，命途多舛。冯唐易老，李广难封。"

韩愈所鸣，范仲淹所思，王勃所叹，皆内心真情实感，岂是人云亦云所能比？

盖文章，经国之大业，不朽之盛事。每到社会面临转型重要关头，各种势力都竞相登上舞台，而他们的文章观点，其实已把自己的优劣高下表现得淋漓尽致：

死背教条，不时来几句老百姓不懂的洋文、新词儿的文章，华而不实，救不了中国。

假大空、打棍子、扣帽子等唱"高调"的文章，也只能把中国引向愚昧落后。

"不管黑猫白猫，捉到老鼠就是好猫""贫穷不是社会主义""发展才是硬道理"等实事求是的论述朴实无华，却是充满勇气与智慧的雄文，经得起历史的检验，彪炳千秋。

文章好不好，看性情。现在自己说好，下属说好，别人不敢不说好，都改变不了历史的公正评判。有无性情，有什么性情，后人会懂的。

（2020年5月1日）

人民说"不"力量大

对五四运动的研究，不应是应景赶时髦，更不能如其他活动每年"打一阵雷，刮一场风"。五四运动，蕴含着我们民族前行的强大动力。

对于五四运动的研究，不乏形象的还原：火烧赵家楼，痛打章宗祥之类的记述演义早已见于报刊；更有理性的结论：彻底的反帝反封建的爱国运动，中国新民主主义革命的开端。

各种研究无不把巴黎和会签约作为运动的导火索。但是，对于这根导火索，却鲜见比较研究。其实，把这根导火索与历史上的同类事件做比较，就更能看清火烧与痛打行动的时代进步，更能透彻理解这场运动的划时代意义。

中国是战胜国。但是，巴黎和会上，列强却逼迫中国，把战败国德国掠夺的在中国山东的利益，转让给日本。

作为战胜国，却要签丧权辱国的条约，岂有此理！

已经觉醒了的中国知识分子游行请愿，发动民众，罢课、罢工、罢市，最终北洋政府不敢在条约上签字，民族尊严与利益得以维护。

清朝至民国，中国被迫签订的屈辱条约多如牛毛，这次为什么能拒绝签约，摆脱耻辱呢？

你也许会说，在第一次世界大战中，中国是战胜国，所以，就不签对己不利的条约。

《尼布楚条约》，就是在中国两次取得雅克萨之战胜利的背景下签订的。这个条约虽然被史学家认为是平等的，却使中国失去了一大块土地。康熙授意索额图谈判签约，未闻民间反对声。

《中法新约》，是在中国抗击法国侵略，取得镇南关大捷后签订的。此时，中国在军事、外交上都处于有利地位，但主和派却主张"乘胜即收"，把此当作寻求妥协的绝好机会，签了个丧权的条约：承认法国对越南的保护权，中国西南门户大开。中国不败而败，法国不胜而胜。国内对此或麻木不仁，或无可奈何。

同样是签约，为什么以前的对外条约，统治者能想签就签？为什么到了1919年，拒签巴黎和会不平等条约的民意能最终成为国家意志呢？

以前封建皇帝以"国"为家，当然可以为所欲为。1919年的中国，已不再是皇帝的"一人之家"，而是中华民国。经过了反对袁世凯复辟称帝，更经过新文化运动，陈独秀等知识分子已把德先生和赛先生请到了中国，觉醒的知识分子和越来越多的民众开始把"国"当作自己的"家"，要行使"家"的主人的权利。

民智不开，"国"是皇帝"一人之家"。民智一启，"国"成了"全民之家"。打破封建枷锁，冲出思想牢笼，中华民族爆发出越来越强大的力量！中国人民说"不"，巴黎和会对中国念的魔咒只能灰飞烟灭！

五四运动中，爱国知识分子和民众提出的口号是"外争国权，内惩国贼"，不仅对帝国主义说"不"，而且直接要求罢免北洋高官。曹汝霖、陆宗舆、章宗祥相继被免职。

这就是人民说"不"的力量！

（2020年5月8日）

严肃点

　　电影《天下无贼》中有这样一个桥段：一群歹徒在列车上抢劫，因蠢笨而引起旅客哄笑。歹徒却呵斥旅客："严肃点！严肃点！不许笑！我们在打劫！"旅客在威胁下没有瑟瑟发抖，反而哄堂大笑，使这帮歹徒觉得自己的"职业"没有受到尊重，心生尴尬。在歹徒严厉的"严肃点！不许笑！"声中，旅客笑得更开心了，歹徒也更显愚蠢了。

　　生活远比作品更精彩。现实中，不少贪官及其喽啰在劫掠老百姓的敬畏时，比《天下无贼》中的抢劫犯更讲究仪式感。你若身临其境，绝对不敢笑。可是，事后，没准又会笑出泪。

　　2003年，郴州市委原书记李某在台上讲话，台下一位乡干部打瞌睡。李书记大怒："你打瞌睡吧，我现在就撤销你的一切职务！"

　　李书记亲自作重要讲话，竟然有人敢打瞌睡，成何体统？！太不严肃了！此乃大不敬！

　　一通神操作，这位打瞌睡的乡干部被免了职，还被作为典型在《郴州日报》上通报。事实是，这位乡干部头天加班工作，通宵没合眼。李某知情后，拒绝改变对这位通宵加班干部的处理。

　　然而，更大的事实带来了更大的幽默。

　　事后查明，从2002年开始，也就是在对打瞌睡干部大发雷霆之前，李某借洪涝灾害后重建之机，肆无忌惮地受贿，已堕落成一个为人所不齿的腐败分子，根本没有资格作重要讲话。自己一身白毛，却说别人妖气。李某装得太像，演得太真，入戏太深。

　　高级的幽默是让人想想再笑。腐败分子向公众要"尊敬"，稍有不"敬"，就训斥，就撤职，严肃得不得了，却忘了自己的龌龊与肮脏，你说滑稽不？

真正有雄才大略的领导，真正把心思放在事业上的领导，不会强行向公众要敬畏。如果你遇到的官员及其喽啰爱摆谱，而你又和光洲一样是个平头百姓，他们要掌声你就拍拍巴掌嘛。毕竟，他们不会因为你鼓了掌就不倒台了。

短时间内，爱劫掠百姓敬畏的恶官还不会断子绝孙。遇到他们沐猴而冠的表演，你千万不要笑。好汉不吃眼前亏，严肃点！

（2020年5月16日《义乌商报》，2021年第1期《杂文月刊》。）

"到此一游"心理管窥

用欣赏的目光看待世界,才能遇见风景。
用求索的方式思考问题,才能发现本源。
当你乘飞机,坐高铁,驾汽车,跋山涉水来到一处名胜,拉开架势,投出目光,准备欣赏时,你首先遇见的却很可能是烦恼:古树,巨石,墙壁,台阶,廊柱,梁檩……目之所及,皆刻有如屎壳郎爬过的"谁谁到此一游"!

"到此一游",裹挟着神州山川,捆绑着华夏文明。你要欣赏大自然的壮美,必先看"到此一游";你要追寻文化血脉,必先看"到此一游"!

就像沐浴时突然断水,也恰似做爱时被敲门借盐,又如同大餐中吃出了苍蝇,"到此一游"让你始料不及,"到此一游"让你扫兴不爽,"到此一游"让你厌恶反胃!

既然无法欣赏,那么,就不妨探寻一下:为什么"到此一游"者不惜八辈祖宗被咒骂,也要留下屎壳郎印迹?

"到此一游"者,生物进化尚不完全。草原上,森林里,野兽有本能的占有欲却没有语言文字。人类社会中,"到此一游"者有兽性的占有欲而且识字。野猪蹭树,狗熊撒尿,是想通过自身气味圈定势力范围。"到此一游"者心底深处兽性未退,只不过已能使用文字作屎壳郎爬而已。

"到此一游"者,有久贫乍富"老子天下第一"之感。终日驴拉磨一样在最底层难见天日的小圈子里讨生活,昨天刚为半个馒头发誓赌咒与人拼命,今天忽然吃了顿饱饭面对绿水青山亭榭楼台,怎能不心潮澎湃心猿意马心生妄念"翻身农奴把歌唱"嗟叹人生幸福不能自持顿生唯我独尊之感?秦皇汉武封禅,曹阿瞒碣石赋诗,哪有俺吃饱饭豪迈？就此题下"到此一游"，明天再去拉磨赌咒为半个馒头玩命，试问天下谁能敌？和俺争，你"到此一游"过吗？！

"到此一游"者，不知天高地厚。自打娘肚皮里出来，一直以为最有文化的人就是村委会主任，去过最远的地方就是乡政府。现在坐了半天驴车半夜拖拉机一天火车，来到了这个俺梦里也想不到的这么美的地方。导游妹妹说起话来还有俺半懂不懂的"之乎者也"，比村委会主任还有文化，而且抹着红嘴唇，好看，味儿也香，不像村委会主任那样有口臭。这么好的景儿这么好的人儿，这就是天边地沿的仙境吧？赶紧刻下"到此一游"，俺让天地作证，俺与山川同在！

"到此一游"者的祖宗本是个野种，当年也撒尿狂妄留痕，当年也酒足饭饱闹事玩豪迈，当年也"到此一游"称第一。可惜，留痕只是虚幻，豪迈、第一皆是妄念。野猴自以为飞了十万八千里，其实，连如来的掌心也不曾出。佛祖手一翻，"到此一游"换来五行山下被压五百年！

近日，一女游客在慕田峪长城上刻下自己与另一人的名字表达爱意，被公安机关立案传唤，纠正错误；江西省高级人民法院维持了一项对升级版"到此一游"的判决：对为攀岩而在三清山巨蟒峰打入膨胀螺栓钉的三人处罚600万元，并对其中二人判刑。

"到此一游"，佛法不容，国法必惩！

旅游，锻炼的是身体，愉悦的是心情，增长的是见识，何必要占有、攀比、虚荣呢？"到此一游"只是妄念。丢掉妄念，且享受自然造化或人性向善之美吧。

那猴儿在五行山下压了五百年被放出来，再也没做过"到此一游"的混账事，最后竟也修成了佛。

（2020年5月22日《义乌商报》，2020年6月19日《讽刺与幽默》。）

摆摊与立论

摆摊，自古就是引车卖浆者流活命的营生。

立论，一向是文人阐释韬略、卖弄聪明、博取功名的本领。

传统观念中，摆摊者"俗""贱"，立论者"雅""贵"。

立论者对摆摊者一般是不屑的，若开金口评判，非贬即损。摆摊者只能默默忍受，并无还手甚至还嘴之力。近来，立论者的生花妙笔又主动蹭向摆摊者，不仅没有以往居高临下的责骂，反而有些许肯定。

眼下，不少城市忽然允许商贩摆摊了。这是后防疫时期拉动经济增长的手段。负责文明创建的部门也宣布，已明确要求不将占道经营、马路市场、流动商贩列为今年文明城市测评考核内容，以推动文明城市创建在恢复经济社会秩序、满足群众生活需要的过程中发挥更加积极作用。文人们闻讯，赶忙立论，好评的妙语警句、锦绣文章，从报刊、广播、电视、网络铺天盖地砸向受众。在颂扬决策伟大光荣正确的同时，也恍然大悟般地肯定了地摊对活跃市场、方便群众生活的价值。

聆听这些高论，光洲佩服这些文人跟风立论的敏捷。

从中国地摊历来所承受的种种立论来看，某些文人已深得鲁迅先生《狂人日记》中有关立论方法的精髓。

曾经，地摊被从文明与法治上立论，常常是城市文明的公害，城管执法罚款的对象。文明创建一检查，地摊立马销声匿迹。一声"城管来了"，摆摊者像老鼠怕猫一样，玩命逃窜。

如今，地摊又被拿出来立论了，只不过不"改造"了，不限制为"补充"了，文明不文明也不考究了。新的立论殷切期望地摊"推动文明城市创建在恢复经济社会秩序、满足群众生活需要的过程中发挥更加积极作用"。

幽默的网友以"造谣"代替评价：某地城管大队队员每人领到了发展3个地摊的任务。领导以身作则，要发展5个。

若问世界上谁最能折腾，光洲认为不是变魔术耍把戏的演员，也不是攻城略地的悍将，光洲推荐中国某些耍笔杆、善立论的文人。看他们把地摊踹到地狱，看他们把地摊捧上天堂，你敢不服吗？

鲁迅先生在《狂人日记》中写向大哥学习立论："无论怎样好人，翻他几句，他便打上几个圈；原谅坏人几句，他便说'翻天妙手，与众不同'。"文人立论杀人不见血，看来是有传统的。

然而，无论文人怎样立论，地摊都是一种顽强的客观存在。

中国地摊，比德国汽车耐造，比美国航母扛炸，任文人颠三倒四立论，不散不沉不亡。

哪来的如此顽强生命力？因为中国地摊的基础，是人的生存权。地摊，往往承载着一家人的生活。地摊，在利己的同时也利人利国。

人要活命，社会有需求，所以，地摊不亡！

与人民求生存的力量相比，文人的立论，对地摊只能是蚍蜉撼树。

当然，地摊承载着主人生存权的同时，也联系着他人的正当权益。摆摊的时间与地点，还是以不影响他人的出行、休息和环境卫生为好。

至于地摊与文明，光洲查《现代汉语词典》（第六版第1364页）后发现，二者没有半毛钱关系。文明，一是指文化。二是社会发展到较高阶段和具有较高文化的人或国家。三是旧时指有西方现代色彩的风俗、习惯、事物。由此看来，不止今年，而且永远，把摆摊从文明城市创建考核标准中剔除，不会对文明有丝毫影响。

鲁迅先生有篇专讲立论的短文，说的是一家人生了孩子给客人看。客人中说孩子将来或富或贵者得到了感谢与恭维。但有人说了实话："这孩子将来要死的。"被痛打。

听了这个故事学生问老师，若遇此事，既不想说谎又不愿遭打，该如何立论？

老师说："那么，你得说：'啊呀！这孩子呵！您瞧！多么……。阿唷！哈哈！Hehe！He, hehehehe！'"

鲁迅先生讲了立论的安全之策，自己一辈子也没用过。光洲岂能得其要领？但愿这篇说摆摊的文字，不至于被立论高手找麻烦呀！

（2020年6月5日）

论打工的姿势

古往今来，打工者千千万，打工的内容万万千。千千万打工者的万万千打工内容虽然复杂，但是，在光洲看来，打工的姿势却简单到只有两种：站着或跪着。

1949年10月1日以前的绝大多数中国人，是跪着打工的，因为社会制度决定了劳动人民直不起腰，必须受压迫受剥削被奴役被污辱。毛泽东主席"中国人民从此站起来了"的庄严宣告，标志着人民成了中国的主人，跪着打工的历史由此结束。中国人民不再是帝国主义、封建主义、官僚资本主义统治者压迫剥削奴役污辱的对象，而是以主人翁的姿态，意气风发地建设自己的国家，营造自己的幸福生活。劳动光荣，劳动人民伟大！劳动者站得正，挺得直！

然而，社会进步的潮流中总会有小小的旋涡。如今，竟又有人仗着有俩臭钱，喝令打工者跪下了。

据京报网报道，日前，贵州省某市一家药店的8名员工跪成两排，边口诵"感谢公司，给我平台"，边向店铺五体投地，行磕头大礼。涉事公司负责人解释称，员工展示的是公司的"三拜文化"，分别向公司、父母、顾客表示感谢。员工下跪的屈辱，竟是这家公司标榜的企业文化！

还是贵州省，毕节市的一家装饰公司，没有让员工以肢体下跪，而是直接让员工回到了史前，变成"类人猿"：为惩罚业绩不达标的员工，竟让他们生吃蚯蚓和泥鳅！茹毛饮血的野蛮，就这样被强加在现代文明社会的员工身上。这家企业真把员工当作有尊严的人了吗？

现代社会是一个有机的系统。窥一斑虽不一定能见全豹，但是，从一些老板的行径中，从一些员工屈辱的打工姿势中，光洲还是有所收获的。这些收获，不是结论，而是疑问：

从人格上讲，站着打工与跪着打工的劳动者，究竟是什么比例呢？

用工者逼劳动者下跪，劳动者竟然跪了，这是不是当地宣传、执行劳动法效果的一种反映呢？

劳动者被迫下跪，有关部门会不会把这件事当成大事，着重写进普法工作报告，认为自己工作做得不到位，痛定思痛，提出更加切实有效的普法措施？

用工者逼迫劳动者下跪，劳动者虽然感到屈辱，但还是跪了。关键时刻，是他们忘记了工会，还是工会平时忘记了他们？

劳动者跪着打工，如果出了一起又一起，此起彼伏，谁还好意思昧着良心闭着眼睛夸赞当地法治水平与文明建设成果呢？

三人为众。政，就是众人的事。治，就是管理。政治，是靠嘴讲的，还是靠行动落实的？有8位甚至更多的劳动者已被逼下跪，当地是否应迅速查办、督办、严办，并俯下身子，倾听劳动者的心声，解剖麻雀，杜绝此类事件再次发生？

光洲的思想不会放光芒，可能也解决不了什么问题，因为光洲也是个打工者，人微言轻。但是，光洲管不了别人，却决心管好自己，并且给自己找个榜样：

1995年3月7日下午3点，珠海一家公司，头天加班到凌晨2点多的员工好不容易坚持到了10分钟工休时间，他们累得趴在工作台上刚迷糊几分钟，外国女老板就进来大骂："不准在这里休息！都到外面排队下跪！不跪就开除！"

人群中年轻的孙天帅愤然而起，扔掉公司的胸卡："开除也不跪！我是中国人！"

孙天帅扔掉了当时让人羡慕的月薪1300元的工作。孙天帅不跪，却保留了做人的尊严！孙天帅后来被郑州大学破格录取。我们的社会，敬重有尊严的劳动者。

工友们！我们打工是为了自己和家人的幸福。我们打工是在为国家创造财富。无数先烈用生命换来了我们的主人地位。宪法法律保护我们的权利。我们要堂堂正正挺起腰杆劳动，决不能跪着打工！

（2020年6月12日）

绝笔直书正能量

6月17日，对于大多数人来讲，也许是普通的一天。但是，对于常州市某区小学学生缪缪的亲人来说，却有着撕心裂肺的痛和无尽的悲伤——6月4日在学校坠楼身亡的缪缪火化了。14天过去了，而她坠楼的原因，有关部门尚"在调查中"！

缪缪坠楼的地点是学校，时间是刚上完袁老师的作文课。

所谓的坠，不是无意识的失足，而是冲出教室，翻过栏杆，从四楼落地，身亡。

坠楼的原因是关键，成了网上争论的焦点。当地官方联合调查组、袁老师和缪缪的家长、网民及其他同学各执一词：

网民怀疑，袁老师当日打过缪缪。

袁老师说，没打过。

由于没有室内监控，警方只能通过旁证去调查，走访更多的学生，尽量还原当时场景。最后调查出来的结果是，不存在殴打和辱骂。

缪缪的母亲发文称，袁老师对缪缪有意见，怪她去外面报作文班。去年10月，缪缪哭诉，被袁老师扇巴掌。缪缪感冒了，以纸巾擦鼻子。袁老师以为缪缪做小动作，就打了。

袁老师网上承认（是否真实，存疑），那一段时间，缪缪学习态度马虎，成绩下滑。有一次批改习题时，发现缪缪漏做，一时心急，就打了孩子一个耳光。

缪缪的同班同学和一些已毕业的学生说，曾遭受过袁老师的殴打与体罚。

常州市该区教育局副局长潘某说，在专业方面，袁老师是学科带头人，代表学校参加过一些素养大赛等。在事情发生之前的问卷调查中，家长、师生没有反映袁老师在师德师风方面的问题。

网上的争论，光洲难辨真伪，不敢妄下结论。那么，咱们不妨回到争论最小的一个细节：袁老师对缪缪作文的批改。

缪缪的作文题目是《〈三打白骨精〉读后感》。

网民发出来的照片显示，缪缪作文中很多细节的描写被红笔勾画表示要删掉。

潘某说，这些勾画是缪缪按老师要求自己做的。

缪缪读《三打白骨精》的感想是，这篇故事告诉我们：不要被表面的样子、虚情假意伪善的一面蒙骗。在如今的社会里，有人表面看着善良，可内心却是阴暗的。他们会利用各种各样的卑鄙手段和阴谋诡计，来达到自己不可告人的目的。

这段感想全部被红笔勾画，旁边打上了一个大大的"×"。

感想的上部，又用红笔大大地写上了"传递正能量"。

袁老师网上对"传递正能量"的解释是（是否为袁老师的解释，存疑），"要写一个具体的实例，作文中尽量传递正能量。而且顺手在她的本子上写上了'传递正能量'五个字。别的我一句话也没有说"。

作为一个以写文章为生的文字匠，光洲从作文被删除的内容看到的是，缪缪写作时思维活跃，能够由此及彼，这是很重要的文学审美与创作潜质。缪缪得到的应该是鼓励而不是批评。

光洲从事新闻工作二三十年，应该说好人坏人都见过些。光洲认为，缪缪的感想中对当下社会中某些人的判断符合事实，是正确的。

写与事实相符的实话，写内心的真实感受，这是多少大作家、老记者毕生的追求啊！这感想中的能量是何等的正啊！

袁老师！缪缪从白骨精看到了人性善恶真伪，提出了要防范，不要上当，这不是已经找到并在传递正能量了吗？你还向她要正能量，你要的正能量是什么呢？你要的正能量，你自己具备吗？

缪缪作文本上的勾画删改，是缪缪做的，还是袁老师本人做的，侦察员不难查清吧？

这些问题搞清楚了，袁老师是不是在有意为难缪缪，不也就清楚了吗？

鲁迅先生说:"真的猛士,敢于直面惨淡的人生,敢于正视淋漓的鲜血。"鲁迅先生生活的时代,中国人民必须斗争。他关于猛士的论述,充满了正能量。

我们当今的社会,当然和谐,但是,是不是和谐到只有莺歌燕舞,就没有白骨精了呢?

缪缪提醒人们防范伪善、各种各样的卑鄙手段和阴谋诡计。她揭露邪恶,保护良善,这不就是在弘扬正能量吗?

自古就有文人秉笔直书,因言获罪,可那都是成年人的事啊。缪缪,从你的作文中可以看出,你12岁的生命承受了不应有之重呀!迅翁九泉有知,必又疾呼:

救救孩子!(本文缪缪为化名)

(2020年6月19日)

因材施教与灵魂塑造

教师是人类灵魂的工程师。可是，在评比、名次、荣誉、分数与升学率的威逼利诱之下，有多少教师还能在教书的同时，自觉主动地从学生的性格入手去育人呢？

这个让不少大城市教师汗颜的问题，却在一个山区小学有了让人感动的答案。

据新京报网报道，贵州省六盘水海嘎小学位于海拔2900米的山区，这里的学生和许多深山里的孩子一样，腼腆、内向。2016年来到海嘎小学任教的顾亚老师，发现学生们上课都不愿意主动回答问题，与他们沟通困难。顾亚老师决心改变孩子们的内向与自卑。

师范音乐系毕业的他开始利用课余时间教学生们乐器，组建了一支校园摇滚乐队，带领学生们弹吉他、敲架子鼓。热烈的节奏燃翻了寂静的大山。

玩起摇滚乐后，校园气氛有了很大改变。摇滚乐让孩子们变得阳光自信。

顾亚老师在接受采访时表示："我希望他们很帅气，不是像有人评论的，农村娃就怎么怎么样。"

顾亚老师组建校园摇滚乐队，就是针对山区孩子们的性格在塑造灵魂：用欢快热烈的音乐打开他们内向封闭的心扉。

心扉一开，性格就开朗；性格开朗，沟通就顺畅；沟通顺畅，机会就更多；机会更多，成功与自信随之而来，未来的人生路就更广阔……

从性格入手塑造孩子们灵魂的顾亚老师，获得了海量点赞。

顾亚老师从性格入手育人，其实是运用了一个古老的教育原理：因材施教。

孔子是因材施教的总结者与践行者。

学生子路请教孔子:"听到正确的主张是否要马上付诸行动?"

孔子回答:"有父兄在,得听听他们的意见,怎么能一听到什么主张就行动呢?"

学生冉有请教孔子:"听到正确的主张是否要马上付诸行动?"

孔子回答:"对!听到就马上行动!"

学生公西华告诉孔子:"子路与冉有问您同样的问题,您的回答却相反,这让我感到困惑。"

孔子说:"冉有性格怯懦,所以我鼓励他行事果断。子路争强好胜,考虑不周,所以我让他不要轻举妄动,要多听别人的意见。"

塑造灵魂没有标准答案,只有更佳方案。但是,无论是孔子面对相同问题给两位性格迥异学生以不同的解答,还是顾亚以摇滚乐的特殊钥匙打开内向学生的心扉,他们在塑造学生灵魂时,都遵循了因材施教。

因材施教,是成功塑造学生灵魂的前提与基础。塑造学生灵魂,是因材施教追求的目标。

教育的核心在育人。育人之要在于塑造灵魂。

健康高尚的灵魂是"1",知识、技能、体魄是"1"后面的"0"。有"1",后面的"0"越多越好;没有了"1",后面的"0"还有什么意义?

因材施教,塑造灵魂,必须对学生有充分的了解,必须对学生实施个性化的育人,必须有不因庸俗功利迷失方向的定力。这就要求教师对学生、对教育事业,有真挚的爱。

辛勤的园丁,亲爱的老师,因材施教的您,塑造灵魂的您,值得全社会敬重!

(2020年6月27日)

贼喊捉贼

贼喊捉贼，这个成语的意思不用解释你也明白。可是，你见过现实版的贼喊捉贼吗？

窃钩者诛，窃国者诸侯。贼，有大小之分。而且，做贼这勾当，要求悄悄地干活，不能光明正大。所以，贼也像高人隐士，把真实的自己隐藏起来。

小隐隐于野，大隐隐于朝。乡野村寨偷鸡摸狗小贼的贼喊捉贼你也许见过。不过，这种演技不高，称不上精彩。身居高位祸国殃民大贼的贼喊捉贼，演出舞台高档，外衣华丽，演技高超，尤其是剧终抖出的真相包袱，让你不得不擦亮眼睛，观察社会，思考人生。这种贼喊捉贼的大戏，有时就在你眼前上演，由于鉴赏水平低，你却看不出门道。

下面，请欣赏大贼的贼喊捉贼选段。

"我们突出抓好领导干部正风肃纪专项行动，对超标占房、违规用车、吃拿卡要、公款宴请、吃空饷等15个方面问题进行集中整治，要求干部做到'自己清、家人清、亲属清、身边清'，多年积累下来的一些顽疾得到有效解决。"

这段捉贼的话，是河北省委原书记周本顺喊的。高喊捉贼的周本顺，自己、家人、身边都不"清"。周本顺霸占了一座公家的800平方米二层楼房，直接或者通过其妻、其子非法收受财物折合人民币4000多万元，保姆、厨师两年的工资就超百万元。

"咸阳将坚持靶向治疗、精准惩治，突出惩治工作重点，紧盯'关键少数'，严惩群众身边的腐败和作风问题，始终保持惩治腐败高压态势。"

这段威风凛凛要捉贼的话，是陕西省咸阳市委原常委、市纪委原书记权王军喊的。权王军根本不把"惩治腐败高压态势"当回事，反而大搞权权交易、权色交易，为涉黑涉恶人员提供保护；落马后，又以自杀等手段抗拒"靶向治疗、精准惩治"，妄图使治疗、惩治脱靶。

与周本顺、权王军贼喊捉贼的高亢激昂风格不同，最高人民法院原副院长奚晓明贼喊捉贼时爱用程序与"知识"粉饰自己。

拥有博士学位的奚晓明以学者型领导示人，1996年至2015年，奚晓明先后担任最高人民法院经济审判庭副庭长、民事审判第二庭庭长、审判委员会委员、副院长期间，利用职务上的便利或者职务和工作中形成的便利条件，为相关单位和个人在案件处理、公司上市等事项上提供帮助，认可其亲属收受以及本人直接收受相关人员给予的财物共计折合人民币1.14596934亿元。奚晓明分管民商事审判，法院对一起百亿元矿山纠纷，做出了被专家称为"几十年来看到的最荒唐的判决"。然后，这个"最荒唐的判决"写进了奚晓明主编的《最高人民法院商事审判指导案例（2012）公司与金融》一书。这种书，对全国法院审判工作都有指导作用。奚副院长喊得如此冠冕堂皇，谁能想到他是个"贼"呢？

贼喊捉贼的贼们，喊的风格各有不同，但演技都十分高超。虽然每一出贼喊捉贼大戏的结局都是大贼被绳之以法，但是大家还是希望这种大戏早日落幕的好。

（2020年7月3日）

词义尽现社会百态

社会生活催生着词语的产生与词义的丰富。词语的产生，词义的丰富，又忠实记录着社会生活的百态变化。这一论断是谁做出的？

如果你苦思冥想搜肠刮肚使出吃奶的劲还是搞不清楚是哪位专家或权威讲出了如此深刻的道理，那么，暂且不要再皱着眉头思考了，先随光洲看几个例子，验证一下这个论断是否正确。

咱以中国社会科学院语言研究所编辑的《现代汉语词典》对词语的收录与解释为例来验证。

先说说当下使用频率颇高的"情人"一词。

1996年7月第三版《现代汉语词典》对"情人"的解释只有一条："相爱中的男女的一方。"应该说，照这个解释，"情人"是个中性的词，最起码没有贬义。像梁山伯与祝英台，罗密欧与朱丽叶，都可归为这种情人。

然而，到了2005年6月，第五版《现代汉语词典》在解释"情人"时，在保留"相爱中的男女的一方"解释的同时，又加上了第二条解释："特指情夫或情妇。"

第六版、第七版《现代汉语词典》对"情人"的解释，与第五版一样，也为两条解释，且文字表述一样。但是，对"情妇""情夫"的解释，第三版与第五版、第六版、第七版不同。第三版的解释是："男女两人，一方或双方已有配偶，他们之间发生性爱的违法行为，女方是男方的情妇。"（对情夫的解释同理）

而第五版、第六版（2012年6月）、第七版（2016年9月）对"情妇""情夫"的解释是："男女两人，一方或双方已有配偶，他们之间保持性爱关系，女方是男方的情妇。"（对情夫的解释也同理）

第三版《现代汉语词典》对情人的解释只有一条，且只强调"相爱""男女",没有把情妇、情夫纳入情人之列,也没有"性"。

第五版、第六版、第七版《现代汉语词典》在保留第三版解释的同时,给出的第二条解释皆强调"已有配偶""性爱"。

第三版解释情妇、情夫时,对"性爱"的程度只要求达到"发生",并认定这种行为"违法"。第五版、第六版、第七版解释情妇、情夫时,对"性爱"的程度要求达到"保持",至于是否"违法",不再计较。但无论如何,"特指情夫或情妇"的情人,一下子就会让人想到潘金莲与西门庆,克林顿与莱温斯基。

谁愿意公开承认自己是情妇、情夫呢?

"特指情夫或情妇"的情人,是个贬义词,处于人正常的羞耻感标准线以下,为主流价值所不能接受。是谁使好端端的情人("相爱中的男女的一方"),在不到十年的时间里沦落为"情妇""情夫"的呢?

某些暴富的奸商、走红的明星、腐败的官员,对"情人"内涵的丰富,功不可没!

《现代汉语词典》在收录词语时,总是想尽量跟上时代的脚步。

"裸婚"一词,在前五版的《现代汉语词典》中均未出现。第六版(2012年6月)《现代汉语词典》收录了"裸婚":"结婚时没有房子、汽车等财产叫裸婚。"

光洲是1994年4月结婚的,虽然当时也没有房子、汽车,甚至连"等"财产也彻底没有,但是,也没有时髦地用上"裸婚"这么潮的词,因为该词尚未被创造出来。如今的"裸婚"一族,比当年的光洲更有社会群体认同感。

第七版(2016年9月)《现代汉语词典》收录了一个绝大多数人都痛恨的词"裸官"。以前六版的《现代汉语词典》都没有收录过这个词。第七版《现代汉语词典》对"裸官"的解释是:"指配偶和子女都移居国外或境外的官员。"

"裸官"一词是人民群众提炼总结出来的,是人民群众智慧的结晶。同时也应看到,"裸官"能成为一个词在《现代汉语词典》登堂入室,可见其不是个体,而是群体(当然这个群体是一小撮),其破坏力不可小觑。也正因为如此,人民群众才会对其进行专门归类，《现代汉语词典》才会将其收录。

　　《现代汉语词典》对"裸官"的解释宜再详细些，比如，要说清楚"裸官"出现的大致年代、国别，"配偶和子女都移居国外或境外"的目的。不然，初学汉语的外国人不一定能懂。就是我们的后人，也不一定能一下子明白"裸官"在时代中的地位和作用，难以做出准确的价值判断。不过一时解释不够详细也没关系，相信像"情人"一样，"裸官"会被历史解释清楚的。

　　"裸婚""裸官"在《现代汉语词典》的出现，"情人"词义的变化，是不是印证了本文第一段论断的正确？告诉你，这一论断不是专家或权威做出的，而是光洲提出的。你若不服，请翻看词典再说话！

　　（写此文时，找不到第四版《现代汉语词典》。情人一词是否最早被收入第四版《现代汉语词典》，非本文论述重点。）

（2020年7月11日）

"我们"是"谁们"

腐败分子像潜伏的狗特务一样,极善于伪装。口称"我们",就是他们欺骗党和人民的惯用伎俩之一。

正常情况下,"我们"是指包括自己在内的若干人。

当下,"我们"却常被贪官们玷污。

"对于群众的切身利益问题,群众的具体生活问题,我们一点也不能疏忽,一点也不能看轻。我们要以一种寝食难安、如坐针毡的心境,把改善民生的工作抓上手。"

这段话是抚顺市委原书记刘强在当选后讲的。单听这讲话,你会觉得他是一位勤勤恳恳为人民服务的公仆。其实,他不属于他讲的"我们"之列。他并没有把群众利益和生活放在心上。他操心的是以权谋私。在讲这段话前后,他受贿一千多万元。让他寝食难安、如坐针毡的也不是改善民生,而是自己怎样当上更大的官。

"我们要朝着既定目标奋勇前进,就要像杨善洲同志那样,忠诚党的事业,做到干扰面前不分神,诱惑面前不变质,坚定不移信仰共产主义,坚定不移走中国特色社会主义道路,让共产党人的理想信念在心灵深处牢牢扎根。"

这是云南省委原书记白恩培在学习杨善洲同志先进事迹报告会上的讲话。白恩培没有资格把自己包括在他所说的"我们"之内。因为他对党的事业不忠诚,干扰面前丢了魂,诱惑面前变了质,从中国特色社会主义道路上下了路,心灵深处共产党人的理想信念荡然无存,有的只是铜臭:以公权为他人谋取利益,直接或通过妻子非法收受财物折合2.4亿余元。还有巨额财产明显超过合法收入,不能说明来源。杨善洲同志若九泉有知,岂容这条蛀虫混入"我们"的队伍!

"我们必须坚持用习近平同志系列重要讲话精神统一思想、凝聚共识，做到政治上坚定自信、思想上同心同向、行动上高度自觉，始终向中央基准看齐，始终同中央保持一致，维护中央权威，确保政令畅通。"

　　这是陕西省委原书记赵正永发表的署名文章中的内容。写归写，做归做。他根本没有真正把自己列为"我们"。经查，赵正永严重背弃初心使命，对党不忠诚不敬畏，毫无"四个意识"，拒不落实"两个维护"的政治责任，对党中央决策部署思想上不重视、政治上不负责、工作上不认真，阳奉阴违、自行其是、敷衍塞责、应付了事，与党离心离德，无视组织一再教育帮助挽救，多次欺骗组织，对抗组织审查，是典型的"两面人""两面派"；违反中央八项规定精神，大搞特权活动……当然，和所有腐败分子一样，赵正永极度贪婪。据检察机关指控，赵正永单独或伙同妻子非法收受财物折合7.17亿余元。其中2.91亿余元尚未实际取得，属于未遂。

　　反腐败斗争的长期性、艰巨性、复杂性，要求人民群众和党员干部一定要擦亮眼睛，认清真正的"我们"，辨明敌我。决不能因为自称"我们"者高高在上，就把他当成自己人。他说的"我们"究竟是"谁们"？是否包括他本人？咱听其言，还得观其行呀！

（2020年7月18日）

忽忽悠悠虚高扫码价

世上本无鬼神，人臆造出鬼神吓唬自己。

市场本无扫码价，人编造出虚高扫码价忽悠自己。

稀世红酒，236元一箱卖给你。扫码价可是1286元耶！

绝版白酒，388元一箱卖给你。扫码价可是6666元耶！

极品茶叶，999元一盒卖给你。扫码价可是9999元耶！

有些电商在网页上标明商品实际售价的同时，还要在醒目位置标注一个扫码价，即买主得到商品时，用手机扫商品上的二维码或条形码，会显示出一个远高于实际成交价的价格。

根据《中华人民共和国价格法》，我国境内的商品和服务有三种价格：政府定价、政府指导价和市场调节价。政府定价，是由政府价格主管部门或者其他有关部门依法按照定价权限和范围制定的价格。政府指导价，是由政府价格主管部门或者其他有关部门依法按照定价权限和范围规定基准价及其浮动幅度，指导经营者制定的价格。市场调节价，是由经营者自主制定，通过市场竞争形成的价格。

虚高扫码价，不是政府制定或指导制定的，也不是通过市场竞争形成的，而是商家闭门造车拍脑门拍出来的。

价格是商品价值的货币表现，而价值是体现在商品里的社会必要劳动。价值量的大小决定于生产这一商品所需的社会必要劳动时间的多少。受市场供求关系影响，价格围绕价值上下波动。显然，虚高扫码价与经济学中的价格和价值没有半毛钱关系。

既无法律依据，又无理论根据，商家为什么要费脑筋憋出个虚高扫码价呢？

忽悠呗！

商家忽悠买家。买吧！你捡到大便宜啦！扫码价是现价的几倍甚至几十倍呀！

商家帮买家忽悠感情。买吧！买了拿出去送礼。收礼者一扫码，此乃厚礼，你倍儿有面子！礼重情意更重！

商家帮买家忽悠更广大的人民群众。买吧！多买些你再去卖，虚高扫码价已给你留出了比山高、比海深的加价空间。虚高扫码价是欺诈谋财的终南捷径！

虚高扫码价危害诚信。虚高扫码价就是让人入的局。虚高扫码价就是唬人的鬼。

有没人入这个局、信这个鬼呢？

当然有！

有多少人入了这个局、信了这个鬼？光洲一介草民，不掌握社会统计力量，无法准确回答。但是，专业为卖家制作虚高扫码价的公司在网上比比皆是。虚高扫码价的制作者称，产品有扫码价，经销商才有利润，消费者购买有面子，您还等什么呢……

天啊！做局做鬼都成龙配套产业化了，你说虚高扫码价是不是已经满天飞了？

面对虚高扫码价这个鬼，忽然想起了丹霞烧佛公案：

唐元和中，丹霞禅师至洛京龙门香山，与伏牛和尚为友。后于慧林寺遇天大寒，取木佛烧火，院主呵曰："何得烧我木佛？"师以杖子拨灰曰："吾烧取舍利。"主曰："木佛何有舍利？"师曰："既无舍利，更取两尊烧。"主自后眉须堕落。

木佛乃人造，非佛，丹霞禅师烧之取暖，使其有益，实为大智慧。

扫码价，由人刚刚造出来的新鬼，你愿被它唬住吗？丹霞禅师烧佛的火焰，是否点亮了你智慧的明灯？

如果看了光洲拙文，买家不再把虚高扫码价作为购物的参考，卖家从此向善也不再标注骗人的虚高扫码价，那也算俺积了点功德。不过，光洲对此不抱太大希望。有利相诱，愚人难绝。

《中华人民共和国价格法》规定，经营者不得利用虚假或者使人误解的价格手段，诱骗消费者或其他经营者与其进行交易。

物价管理部门，应发挥丹霞禅师的作用，依法剥下几个魑魅魍魉扫码价的画皮，为民驱鬼，以案说法，启民智慧，护民权益，善哉善哉！

（2020年7月24日《义乌商报》，2020年8月14日《讽刺与幽默》。）

读《平安经》心得

《平安经》这部书,好就好在行骗,做反面教材,可使人们识破骗局。

识破智力骗局。《平安经》作者贺电,戴着公安厅常务副厅长的官帽,不向法治要公平,不依科学创安宁,反而写"经"念"经"求平安,你说这智力正常吗?《平安经》之"经",非经典之"经",乃神经之"经"!贺电不是一个人在战斗。近年来,时有官员精神不正常智力骤降跳楼上吊。他们堪称贺电的同志。以后再也不能想当然地认为官位越高者素质就越高。

识破道具骗局。贺电有博士学位学历,是博导、二级教授、享受国务院政府特殊津贴专家,主持国家社科基金项目、省部级重大项目10余项,在国家、省级重要学术期刊发表论文50余篇,出版系列专著23部……这些光环够耀眼了吧?如果贺电的学识水平和研究能力真的高超,他写的《平安经》又为什么那么弱智呢?

用高学历、高学位、高职称和研究成果作道具伪装自己,已是个别官员的拿手好戏。

贺电的同行,天津市公安局原局长武长顺16岁初中毕业参加工作,工作后就没有离开过公安岗位,但他是工商管理硕士,工学博士,高级工程师。他的博士论文有复杂的函数,有英文版。不要说写,武长顺能把论文通读下来就算不错了。

再面对高学历、高学位、高职称和研究成果道具时,光洲一定得留个心眼:他究竟是先有学位、成果,后有官位,还是先有官位,后取得的学位、成果呢?不能再被这些家伙的道具给唬住了!

识破宣传骗局。某省文联为《平安经》组织的朗诵研讨活动,线上线下同时启动,一些媒体同步展播,知名学者、诗人创作诗歌,撰写文章，大谈读后感："官员阅读此书，领悟初心使命；学者阅读此书，顿悟平安哲理；商贾阅读此书，企业平安无虞；民众阅读此书，安享世间太平。"面对这种宣传，光洲想问的是：一个官员得有多少马屁精呢？撒谎的填鸭式宣传，尽管你来头很大，尽管你调门很高，尽管你装得很神圣，可是，一部《平安经》足以让你演的正剧变得荒诞滑稽！信你？是你有病呀还是我有病？！

把《平安经》送进国家图书馆吧。作为反面教材，它很有意义。

（2020年8月7日）

噩梦

夏夜。睡意阵阵来袭,我的眼皮像坠了铅似的睁不开。溽热如蒸,我辗转反侧,却又难以入眠。困倦不堪恍惚蒙眬中,千里之外的朋友打来电话,说自己被强奸了。

我连忙安慰朋友:"犯罪的那个家伙是畜生。他污辱的是他自己,你是清白的。不要太难过。保存好证据,告他!"

朋友却出奇的平静,缓缓地说,已经不是第一次了。告不倒他的。与其这样受辱,不如去死。又凄凉地问我:"你愿意随我而去吗?"

我笑了。我忽然想起朋友不可能被强奸,因为他和我一样,是个雄壮的男人。这家伙大概也是被热得睡不着,想和我开玩笑吧。

反正睡不着,我决定用我有限的刑法学知识与他聊聊。

"按照中国刑法规定,强奸罪侵犯的是妇女的性权利。你是男的,怎么可能被强奸呢?"

"我的确被强奸了!"

"作为男性,如果你的性权利真的被侵犯了,对方所涉及的罪名只可能是强制猥亵、侮辱罪,而不是强奸罪。"

"他侵犯的岂止是我的性权利!他侵犯的是我的全部人格尊严,想吞噬我的灵魂,把我变成受他控制的木偶,只会按他意志说话的行尸走肉!"

"他究竟对你做了什么?"

"他把自己的意志强加于我,让我按照他的要求,在微信朋友圈里转发信息。不是转发一次两次,而是常年不定时地转发。只要他兴致来了,就随时强迫我干这种事情,不分白天黑夜。"

"这怎么能算强奸呢?再说了,你可以不转发呀!"

"这怎么不算强奸呢?!他是我的领导,他让转发,我敢不转发吗？！"

看来他说的强奸，不是刑法意义上的强奸。我接着与他聊。

"他让你转发前，没有征求过你对这些信息的意见吗？"

"从来没有！"

"如果你不转发，他又能把你怎么样呢？"

"他可以在会议上点名或不点名地批评我，利用他的地位影响力孤立我，给我套上精神枷锁；他可以克扣我的工资奖金，剥削我；他可以在评选先进、选拔任用时压制我，压迫我。他手中的权就是无形的刀，杀人不见血！谁敢不从？！"

"他让你转发什么内容了，让你如此难受？"

"就是他的所谓政绩呗！比如，他统治的一亩三分地上，如何莺歌燕舞啦，怎样歌舞升平啦。有时，也会让转发他的领导的政绩，如何亲民爱民啦，怎样睿智高明啦……"

"你在单位上班，要服从领导。让你转发些信息，对你有什么妨害呢？"

"我在单位上班不假，可是，我不是奴隶呀。对信息，我有自己的选择权，也有不选择权，有权作出这样的判断或那样的判断，有权传播，也有权不传播，这是宪法赋予我的自由。我可以在法定范围内行使这些权利，为什么要受某个人或单位的制约呢？我的工作内容不包括在朋友圈为谁转发信息呀！"

"你不要太较真嘛！大家不都在转发嘛。"

"大家都转发就对吗？你遇到这样的事情，会有什么感觉呢？"

"我所在的地区没有这种事情。"

"你如果遇到这样的事情，会有什么感觉呢？"

"我无所谓。"

"你麻木！可怜！"

"我……"

我要争辩，一急，醒了。原来我做了一个梦。

看手机，并没有朋友的来电记录。打他电话，已关机。又打与他同单位的熟人的电话。

071

熟人说，你那朋友太爱较真了，在单位不合群，让他转发条微信都会去找领导提意见，上周去世了，今天是头七……

　　我惊得浑身发冷，说不出话来，睡意全无，坐等天亮。

（2020 年 8 月 16 日）

"非查出点事不可"

能把芝麻粒儿一样的所谓权力玩得很大，是某些基层执法者的绝活。近日，辽阳地区的几名运管执法人员就现场秀了把这个绝活。

运管执法人员检查一辆长途客车的手续。从现场视频看，运管执法人员显然不知道这辆长途客车应必备哪些手续。被检查司机说按规定某些手续不是必备的，执法人员或打电话问"上边"，或干脆哑口无言。待司机按要求提供了相关合法手续后，运管执法人员竟说："我今天非查出点事不可！"

好一个"我今天非查出点事不可"！如神来之笔，活灵活现勾画出了借执法之名，行刁难之实的酷吏嘴脸！

"非查出点事不可"，"执法"目的原形毕露。依法正常执法，维护的是法治公平正义，保护的是行政相对人的合法权益和正常的管理秩序。而"非查出点事不可"的"执法"，与法治公平正义、合法权益、正常秩序没有半毛钱关系，其目的就是"非查出点事"，就是要没事找事，就是要借执法权欺负人。披着执法的外衣，干着违法的勾当，"非查出点事不可"的"执法"，违法！卑鄙！龌龊！

"非查出点事不可"，"执法"抹黑党和政府。"非查出点事不可"的执法者，其执法权不是娘胎里带来的，而是党和人民赋予的。执法权，本应该用于为人民服务，体现执政为民。唯有如此，执法权在百姓心目中才是神圣的。然而，当执法权变成"非查出点事不可"扰民、害民特权时，就是在败坏党和政府的形象，离间人民与党和政府的感情。凶险！恶劣！恶毒！

"非查出点事不可"，"执法"为"人治"喊魂。当今中国，乃法治中国，已不再是封建"人治"中国。法律面前，人人平等。任何人、任何机构也无权对守法公民"非查出点事不可"。坚持"非查出点事不可"

的执法者,你没有把手中的"权"当成受法律制约的法治之权,而是看成了"人治"封建特权。一句"非查出点事不可"的"执法",是你为"人治"封建特权在喊魂,暴露了你的法治修养。落后!愚昧!法盲!

"非查出点事不可","执法"非惹出大事不可。中国历来不乏"非查出点事不可"的酷吏。远的不讲,只说 1916 年的一件事吧。当年,在湖南桑植县芭茅溪盐税局,就有一帮"非查出点事不可"的酷吏,他们对过往客商竭尽刁难勒索之能事。在此经过的一位血气方刚的骡马客,义愤填膺,率人刀劈了这帮酷吏,从此走上了反抗剥削反抗压迫的革命道路。年轻的骡马客,就是贺龙。那帮被刀劈的"非查出点事不可"的酷吏,和他们所代表的腐朽制度一起,被扫进了历史垃圾堆,遗臭万年。"非查出点事不可"式"执法"不止,迟早会惹出大事。

(2020 年 8 月 28 日)

"一团和气"中有凶险

"一团和气"原意是指和蔼可亲，朱熹《伊洛渊源录》卷三引《上蔡语录》中有："明道（理学家程颢）终日坐，如泥塑人，然接人浑是一团和气。""一团和气"后来被一些人奉为为官之道，不辨是非，不讲原则，对所有问题态度都无条件地温和。

今天以这种"一团和气"的态度为官，其实是明哲保身，尸位素餐，对党和人民不负责任，乃社会和谐稳定的一大隐患。

贵州省大方县的一些权力机关、部门、社会组织之间的"一团和气"，让人细想起来，就不由得倒吸口冷气。

大方县自2015年起即拖欠教师工资补贴，截至2020年8月20日，共计拖欠教师绩效工资、生活补贴、五险一金等费用47961万元，挪用上级拨付的教育专项经费34194万元。

大方县教育科技局要求教师按照不低于被拖欠的2019年绩效工资、第13个月工资的2.5倍金额存款入股当地政府发起成立的乌蒙信合公司，以此作为发放拖欠绩效工资等款项的前置条件。

乌蒙信合公司无任何金融牌照、不具备开展股金服务资格，控股股东为大方县财政局。当地教师被拖欠的2018年4月至2019年12月生活补助2575万元，也由大方县教育科技局存入乌蒙信合公司，所办理的取款卡扣留在各乡镇教育管理中心，未向教师正常发放。

大方县未落实党中央国务院关于义务教育阶段教师平均工资收入水平不低于当地公务员平均工资收入水平的要求，教师与公务员的工资差距每年不减反增。2018年，教师年平均工资比公务员低约800元。2019年，教师年平均工资比公务员低5000元左右。

大方县改变家庭经济困难学生生活补助原有发放渠道，通过乌蒙信合公司代发2020年春季学期义务教育阶段和高中阶段困难学生生活补助。乌蒙信合公司以提供社员股金服务名义，直接克扣每名学生50元作为入社资格股金，导致210多万元困难学生补助被违规截留。

上述种种侵害教师、学生权益的违法行径，长达五年之久，而大方县的有"官"方面对此竟放纵，集体保持了"一团和气"。

县委"一团和气"，不为有关教育政策的落实把关，出现偏差后不及时果断踩刹车，使大方县在提高教师待遇、补助贫困学生、发展教育事业方面不仅不与中央保持一致，反而背道而驰。连"政治"都不讲了，就为了"一团和气"！

县政府"一团和气"，用土政策代替法律法规，把依法行政变成自行其是胡作非为，把党中央国务院支持教育事业"功在当代，利在千秋"的善政，被变成坑民害民的苛政。连"为人民服务"都忘了，就为了"一团和气"！

县教育科技局"一团和气"，不仅不为反映情况的教师解决问题，反而要求教师不要把事情搞大，要懂得大方的政策，声称坚持维权的教师"年终考核与职称评定将会受到影响"。连负责教育的部门都不恪守基本职责，就为了"一团和气"！

工会组织"一团和气"，不俯下身子倾听教职工的疾苦，或听到了却装聋作哑，不去积极有力有效地维护他们的权益。连教职工"娘家人"的脸面都不要了，薄情寡义，就为了"一团和气"！

千夫诺诺，不如一士谔谔。大方县教师学生利益受侵害时，未见拍案而起为民鼓与呼者。诺诺者太多，谔谔者鲜见，遂"一团和气"！

机关部门的设置，原本是为了工作既分工协作，又相互制约。当分工与制约化为了"一团和气"盛行，百姓有苦无处诉，有理无处讲，焉能不遭殃？然而，百姓又岂能无限度忍耐？

若任由官场"一团和气"泛滥，可怕呀！

（2020年9月11日）

想起宋江我耳朵疼

我上小学二年级时,语文老师忽然教我们课本上没有的新内容。她在黑板上写了一行字,用一根小竹棍一个字一个字点着教我们念:水浒这部书,好就好在投降。做反面教材,使人民都知道投降派。老师给我们讲解,这话是毛主席说的。

一遍遍读过后,老师开始挑同学上讲台用小竹棍点字领读。同学们踊跃举手要求上台领读。我没举手。因为我自小就喉咙哑,下巴颏有时会不由自主地抖动,不想上台被同学取笑。

几个举手的同学上台领读后都得到了老师的表扬。老师忽然又说,要挑不举手的同学上台。我很恐慌,心里默念:千万别挑到我呀!

然而,老师偏偏挑中了我。

由于紧张,我动作僵硬,手中的小竹棍点到黑板上就不再移动,但迅速准确地把整段话鹦鹉学舌般地念出来了。"人民都知道投降派"了,我的小竹棍还点"水"上。

老师勃然大怒,揪着我的耳朵连拎带薅,把我从讲台上拽到了教室最后一排。同学们惊恐地看着我。

"哇!"我哭了。

"不许哭!你还想用哭影响大家学习是不是?"老师威吓道。

我勉强暂时止住了哭声。但是,耳朵上火烧火燎般的疼痛,委屈,羞辱,又使我嘤嘤啜泣不止。

从我记事开始,大人们总是夸我,聪明,长得好,长大肯定有出息⋯⋯哪受过被揪着耳朵批评的奇耻大辱!

我感觉同学们对我另眼看待,回家也不敢给爸妈说。

领袖语录,不会错;老师,我也惹不起。内心委屈呀!我终于认准了仇家:宋江!

077

这王八蛋若不投降，我会被薅耳朵吗？！我和宋江，就此结下梁子。

时光的流逝并没有带走我耳朵上的隐痛。随着年龄增长，我读《水浒传》，查《宋史》，旁涉《荡寇志》，对宋江进行了调查。

《水浒传》中的宋江，改梁山"聚义厅"为"忠义堂""望天王降诏，早招安，心方足"，不惜巴结李师师走女人路线，做朝廷鹰犬，血腥镇压自己昔日的同类方腊，是个彻头彻尾的主动投降派。

《宋史》并未专门为宋江立传，只是在《徽宗本纪》《侯蒙传》《张叔夜传》中顺带做了记载。归纳起来就是宋江造反，朝廷命张叔夜招讨；宋江威胁到京城安全，侯蒙上书皇帝，建议赦免宋江之罪，派他征讨方腊赎罪。此计未施，侯蒙过世了。张叔夜设伏兵，擒获宋江。宋江被迫投降，并不是天天盼着"招安"的主动投降。

《荡寇志》没有给宋江投降的机会，他被擒后凌迟处死。

同一个宋江，为何在三部书中竟有三种命运结局？

《水浒传》作者施耐庵中过进士当过官，后受上级欺负辞官，又与元末农民起义军有联系，对现实虽有不满要造反，但也是反贪官不反皇帝，知识分子官僚的特性决定了他笔下的宋江盼招安被招安。

创作《荡寇志》的俞万春，出生于官僚之家，随父亲参与镇压少数民族武装反抗，直接与反抗者为敌，自然对他们恨之入骨，故非将宋江凌迟不可。

宋江无关元人痛痒，故元人所修《宋史》对宋江无刻意渲染，只客观记述。

成年以后的我，读《水浒传》，利用其中的人物写小说、杂文。我知道用阶级分析的方法研究一部文学作品，并不是唯一的路径。《水浒传》之好，也不仅仅"就好在投降"。毛主席1975年8月评水浒的讲话，是有其特定用意的，不是我这个七八岁尚不懂事的孩子能完全明白的。

我被揪耳朵是不应该的！

揪我耳朵的老师，我再也没见过她。后来得知，她是1949年后上的识字班，对领袖有着朴素真挚的感情。我不能很好地诵读语录，她发脾气，也在情理之中。我内心早已原谅了她。

胡适说，历史是个任人打扮的小姑娘。再遇"古为今用"之事，宜有"锣鼓听音"的冷静，少些感情冲动。否则，害己事小，害人事大。我昔日的语文老师，我的这点感悟，您同意吗？

　　现在一想起宋江，我仍然耳朵疼！

（2020年9月16日）

某些新闻发言人的"化"

看了标题,您不要觉得自己看错了,也不必怀疑光洲写错了。咱俩都没错。光洲要提醒您的是,注意某些新闻发言人的"化",而不是仅仅听他所说的"话"。

这里所讨论的"化",是"接化发"的"化"。

前一阵子,有个自称武术某派掌门的大师成了网红。大师说自己掌握"接化发"的精髓。所谓"接化发",就是在搏击时,"接招""化招""发功"。其中,"化"居于承前启后的地位,作用十分重要。

大师凭借着娴熟巧妙的"化",破解了欧洲MMA(综合格斗)冠军的蛮力与凶招,将其击败——当然,这是大师自己说的。

其实,喜用"化"的不仅是武林中人,某些新闻发言人面对公众的提问时,对"化"的运用更是驾轻就熟。

近日,长春市公安局采购10辆单价为36.76万元哈雷警用摩托车一事,引发网友热议:"有必要买这么贵的摩托车吗?"

该局交警支队宣传处一位负责人回应时,就运用了"化"的招数:"这批哈雷警用摩托车均是经过正规手续和流程购买,这两年也一直在用。"

看看,"化"得多么神奇!网友质疑的是:"有必要买这么贵的摩托车吗?"这是一个实体性问题,正常回答是"有必要"或"无必要",而这位负责人的回答是购买手续、流程正规,给出的答案却是关于程序的。

以程序正规掩盖实体是否正确,这一"化"法,直接改变了原议题的方向与内容,可谓四两拨千斤。

与四两拨千斤"化"法的狡猾不同,虚张声势,玩空城计,甚至以攻为守,是某些新闻发言人的另一路"化"法。

2012年12月6日上午11时许,有人连发3条微博,实名举报时任某局长的刘铁男,涉嫌学历造假、官商勾结巨额骗贷、恐吓威胁情妇等问题。当日下午4时左右,刘铁男所在单位新闻发言人出面施展"化"功"辟谣"。

该发言人表示,举报内容纯属污蔑造谣。仅如此一"化",该发言人觉得"化"得还太简单,还不够彻底,又进一步深"化":目前正在报案、报警。

刘铁男也以行动配合该发言人的"化":短时间内,密集出现在公共场合,频频出席各种座谈会露脸。

举报人始终没有等来律师函或警方的处罚,倒是刘铁男真因贪腐落马了。

人们这才读懂了该发言人的幽默:空城计!反守为攻!

精通"接化发"的武术掌门大师后来红得发紫。当然,不是更受网友追捧更红而紫,而是脸发紫——在与一位业余拳击爱好者比赛中,30秒内大师3次被击倒,脸被揍得乌青发紫,人也昏迷不醒。面对并不猛烈的进攻,他的"化"成了笑话。

把网友质疑当作公关危机来"化"解的新闻发言人,其"化"言巧语,也成了经典段子。

某些跑江湖的大师和个别新闻发言人,都会时不常给你带来快乐,关键是你得懂幽默,明白什么是"化"!

(2020年9月23日)

云计算的利弊

作为以码字卖文为生的小文字匠,光洲很佩服文坛巨匠鲁迅先生。在确定这篇文章的题目前,光洲想到了鲁迅先生的杂文《电的利弊》。

鲁迅先生在87年前对电利弊的思考、类比、阐述,竟与当今云计算的使用情况,有某些契合,你说他是不是伟大?

电,在20世纪30年代的中国,尚未普及,然而,其"利"未大兴,其"弊"却被人迫不及待地派上了用场:电刑!

"(电刑)一上,即遍身痛楚欲裂,遂昏去,少顷又醒,则又受刑。闻曾有连受七八次者,即幸而免死,亦从此牙齿皆摇动,神经亦变钝,不能复原。"

鲁迅先生由是感叹道:"许多人赞颂电报电话之有利于人,却没有想到同是一电,而有人得到这样的大害,福人用电气疗病,美容,而被压迫者却以此受苦,丧命也。"

云计算,在当今中国属于信息数据处理的新方法,其"利"多多,然而,有人偏偏要利用其"弊"损人利己发大财。

国庆中秋长假将至,你若是资深驴友,常在网上订旅店、买车船机票,可能就会发现,虽然你是网店的老客户,但店家给你的价格却比新客户还贵。

这是店家利用大数据云计算在"杀熟宰客"。因为店家已利用云计算对擅自收集的用户数据进行了细致梳理和归类,研判出了你的需求。在这种情况下,你在平台内越搜价格越贵,议价权彻底丧失。

本可有益世人的云计算,竟成了损人的暗器!

利用云计算"杀熟宰客"并非个案。有多普遍?光洲没权力调动统计力量进行调查,不敢妄下结论。

国家文化和旅游部已发布《在线旅游经营服务管理暂行规定》，10月1日实施。该《规定》明确："在线旅游经营者应当保护旅游者个人信息等数据安全，在收集旅游者信息时事先明示收集旅游者个人信息的目的、方式和范围，并经旅游者同意。""在线旅游经营者不得滥用大数据分析等技术手段，基于旅游者消费记录、旅游偏好等设置不公平的交易条件，侵犯旅游者合法权益。"

政府部门都为此制定规章了，店家利用云计算"杀熟宰客"的事还少吗？

鲁迅先生说："外国用火药制造子弹御敌，中国却用它做爆竹敬神；外国用罗盘针航海，中国却用它看风水；外国用鸦片医病，中国却拿来当饭吃。同是一种东西，而中外用法之不同有如此，盖不但电气而已。"

具体到云计算利与弊作用的发挥，不得不佩服鲁迅先生。

然而，我们生活的时代毕竟与鲁迅先生不同了。在他写《电的利弊》的1933年，发挥电之"弊"者是统治者，其恶行受法律保护。

如今发挥云计算之"弊"者是个别奸商，其损人利己的行为违法，要受处罚，被舆论声讨。这是社会的进步。

电是一种能源，云计算是一种数据处理方法，二者都无所谓好坏，其"利"，其"弊"，全在于使用。能否真正兴利除弊，还真能映出一定的社会状况。

愿《在线旅游经营服务管理暂行规定》为驴友撑起大数据保护伞。

（2020年9月25日）

思想园地初建成
——《群言堂》周岁志喜

一年前的今天,《群言堂》与读者见面了。

《群言堂》是融媒体建设的成果,是我们优化新闻信息服务,奉献给读者的新营养。

《群言堂》是作者表达观点和读者交流思想的交汇,是我们顺时应势办报的新探索。

《群言堂》是快餐式阅读时代的品味慢阅读,是用杂文的思辨引人深入理性思考的新尝试。

稚嫩的生命充满了不确定性,有人们寄予的希望,也面临着各种危险。《群言堂》一年来的健康成长,得益于上级为其把握正确的政治方向,得益于作家、画家们作品的喂养,得益于读者的认同支持。所有为《群言堂》的付出,都凝结于版面上,时光将为其镀上金色。《群言堂》将用自己的成长告诉大家:这些付出是值得的。这些付出是可以引以为荣的。因为《群言堂》是争气的!

一年前的今天,《群言堂》说:"人人都有拥有思想的权利。"一年来,《群言堂》为人们行使这种权利提供着平台。

一年前的今天,《群言堂》说:"我们并不掌握绝对真理,但将坚持通过观点的互相修正去接近真理。"一年来,《群言堂》版面上留下的尽是思辨探索的足迹。

一年前的今天,《群言堂》说:"将坚持弘扬真善美、鞭挞假恶丑的原则。"一年来,《群言堂》未说昧心话,未趋炎附势做墙头草,讲的皆是凭良心的铮铮良言。

一年前的今天,《群言堂》说:"拒绝正确的废话,不听无病呻吟。"一年来，《群言堂》没有人云亦云地死搬教条装腔作势狐假虎威，也没有人为煽情制造"感动"骗取眼泪或哗众取宠，有的只是作家的独立思考、真情实感和版面真诚的独家呈现。

一年前的今天，《群言堂》说："用思想照亮前程。"一年来，《群言堂》汇积作家的思想火花，为读者点亮一盏盏明灯。

一年来，《群言堂》刊发了146篇杂文、时评，约260篇短评，50余幅漫画。

单看这些数字，也许是微不足道的，但是，这是《群言堂》迈出的第一步。这一步，不仅有距离的长短，更重要的是决定了今后的方向：

坚定地站在人民一边的立场不会变；

坚持用辩证唯物主义和历史唯物主义分析问题、解决问题的观点方法不会变；

坚持精益求精的质量追求不会变；

坚持独立思考、独家表达的风格不会变。

《群言堂》是义乌市融媒体中心的，也是大家的。

1周岁的《群言堂》，已拥有较为稳定的作家、画家群和越来越多的读者，这包含着多少前辈、领导、专家的关怀和同行、作家、画家、读者的支持啊！

我们请出部分"幕后英雄"（排名不分先后）与读者见面，同聚《群言堂》，同庆同祝同贺，是为周岁志喜！

（2020年9月30日）

士到用时方恨无

古人说过"士为知己者死"(《史记·刺客列传》),也说过"书到用时方恨少"(《增广贤文》),没有说过"士到用时方恨无"。

"士到用时方恨无",是光洲说的。光洲虽为一介布衣,所说的话不能称为语录、理论、思想、主义,但是,古往今来的很多铁血事实,不断在为这句话提供着实证,印证着其正确。

卫懿公的小命就是在"士到用时方恨无"中玩完的。这厮淫乐奢侈,平日里不仅不礼贤下士,反而把士看得连鸟都不如。他为鹤"中毒",为鹤"发烧",精力多用于养鹤,还给鹤封了官职,给予俸禄和专车。狄人打上门来了,这位仙鹤"发烧友"忽然想到了士,觍着脸央求众士为其卖命。

众士却说:"使鹤,鹤实有禄位,余焉能战!"派鹤去吧!鹤有官位,拿高薪。打仗,我哪能如鹤呀!

在这厮低三下四死乞白赖的求告之下,将士们还是到前线比画了一阵。可是,离心离德之师,焉有取胜之理?

狄人杀了这个"发烧友",他带着"士到用时方恨无"的懊悔,驾鹤见阎王去了。

盛唐是在"士到用时方恨无"中滑向下坡路的。

李隆基手下本不乏人才,重用姚崇、宋璟等一大批贤能之士,开创开元盛世,赢得了满堂彩,可是,他晚年把杨玉环揽入怀中。"春宵苦短日高起,从此君王不早朝"。

当然,美人儿也不是白给的,"姊妹弟兄皆列土,可怜光彩生门户"。

大舅哥杨国忠节节高升,任宰相,封卫国公,身兼40余职,权倾朝野,排斥贤良,又为争宠与久怀异志的安禄山狗咬狗,成了安史之乱的导火索。

"渔阳鼙鼓动地来，惊破霓裳羽衣曲。"安禄山打来了，谁去为朕拼命？

"六军不发无奈何"！"士到用时方恨无"呀！

将士们宰了杨国忠还不解恨，还要求杀掉那个"三千宠爱在一身"的尤物。李隆基舍不得呀！可是，不杀就无士可用。

尤物"宛转蛾眉马前死"后，将士们才去御敌，用8年平息了叛乱，勉强维持了稳定，但大唐从此由盛转衰。

袁世凯也是在"士到用时方恨无"中完蛋的。

作为北洋重臣，新军领袖，袁世凯身边云集了如徐世昌、段祺瑞、冯国璋之类的政治精英和军中豪杰。袁世凯对这些人恩宠有加，这些人起初对袁世凯也感恩戴德忠心耿耿。

可是，当袁世凯要当皇帝时，他的把兄弟徐世昌劝说无果后默默离开了；曾为袁世凯铁杆下属、又与袁有翁婿之亲的北洋之虎段祺瑞，三次劝阻被拒，两次吃闭门羹，最终辞职；在小站练兵时即走袁世凯路线的北洋之狗冯国璋，不仅拒绝为袁世凯镇压云南反对帝制的起义，而且还领衔签署"五将军密电"，要求"迅速取消帝制，以安人心"。

袁世凯"登基"后，面对唾骂与讨伐，有镇压之心，却众叛亲离，在"士到用时方恨无"的绝望中一命呜呼。

面对多国联军的进攻，萨达姆曾一度对自己的共和国卫队的忠诚与战斗力充满信心，因为这些军人大多来自萨达姆的家乡，与萨达姆属同一教派，骨干成员多是萨达姆的亲戚或亲信，萨达姆给他们的待遇也远比其他部队要优厚。

然而，开打前，共和国卫队的重要将领都被联军收买了。共和国卫队放弃了抵抗，萨达姆带着"士到用时方恨无"的心境先逃后亡。

平日里不知爱士的卫懿公、李隆基之流，自然"士到用时方恨无"。

不能用共同的理想、事业凝聚士气，而是靠小恩小惠骗士为己卖命者，最终也只能"士到用时方恨无"。因为真正的士不好骗，而且，敌人也会给士小恩小惠甚至大恩大惠。

"士到用时方恨无"者，最终的遗憾都一样：悔当初呀！

（2020年10月16日）

请用蓍草擦亮眼

文王拘而演周易。帝辛把姬昌囚禁在羑里，剥夺了他的人身自由，却无法控制他的思想。姬昌没有屈服，更没有沉沦，硬在是艰苦险恶的环境中，以简陋的条件把上古八卦的普遍原理与当代的具体实际相结合，用蓍草推演出六十四卦三百八十四爻，形成了指导周革命、建设和发展的理论基础，是为周易。

周灭商取得胜利后，姬昌先被他的儿子谥为文王，后又被历代奉为有功德的明君，而他推演周易所用的工具蓍草，也被神化得成了精。

姬昌推演易为何要用蓍草？他本人没有说过，但这并不影响后人为树立他"高大全"的形象而进行意淫。

《系辞传》的解释是"蓍之德圆而神"，蓍草的茎是圆的，有圆通神灵之德。《系辞传》不是姬昌所作，后人考证多认为是孔子所著。孔子为姬昌以蓍推演周易点赞，在东汉王充的《论衡·卜筮篇》也有记载："子路问孔子曰：猪肩羊膊，可以得兆；萑苇藁芼，可以得数，何必以蓍龟？孔子曰：不然，盖取其名也。夫蓍之为言耆也，龟之为言旧也，明狐疑之事，当问耆旧也。"孔子认为蓍草与乌龟都长寿，所以可决断疑惑之事，肯定了以蓍草推演周易的合理性。

有了一代明君周文王的实践，有了孔圣人的理论拔高，后人便将对蓍草的神化进行到底。

《说文解字》云："天子蓍九尺，诸侯七尺，大夫五尺，士三尺。"对蓍草的使用，是有级别规定和礼的约束的。

《太平御览》七百二十七引《归藏·本蓍篇》："蓍末大于本为上吉，蒿末大于本次吉，荆末大于本次吉，箭末大于本次吉，竹末大于本次吉。蓍一五神，蒿二四神，荆三三神，箭四二神，竹五一神。筮五犯皆藏，五筮之神明皆聚焉。"蓍草被列为五种卜筮工具的上品。

既然被列为上品，那就必须珍稀。当代，竟有人认为蓍草只生于河南淮阳（伏羲老家）、山东曲阜（孔子老家）和山西晋祠（叔虞老家），也即这三位受景仰者老家才配拥有蓍草。

自古及今，学者皆肯定姬昌用蓍草推演周易的合理性，少有"杂音"。然而，蓍草真有那么神吗？

现代科学告诉我们，蓍草，菊科，多年生草本，在我国川、陕、黔、贵、湘、鄂、豫、晋、陇等地都有分布，并不稀奇。

那么，姬昌为什么要用蓍草而不是其材料推演周易呢？若如孔子所言其"圆而神"，竹子不也圆吗？竹子正直且虚心，其品不也"神"吗？若因蓍草长寿而用，松柏或银杏树不也长寿吗？姬昌推演周易为什么不用竹子或松柏、银杏枝叶，而偏偏要用蓍草呢？

这个看似钻牛角尖的问题，不知古往今来的学者们是否想过，反正在他们的著作中没有答案。2017年深秋，光洲以游客身份到羑里，无意间在一幅壁画上找到了答案。画中，一位须发皆白的长者坐在由枯草铺成的地铺上。画面中，除了孤坐的长者和他坐着的乱枯草，再无他物。

长者即为姬昌，他坐着的便是推演周易所用的蓍草。

姬昌身在牢中，要推演周易，不是他想用什么材料就能用的，只能因陋就简！空荡荡的房子内，只有铺位下的蓍草可以用！不用蓍草，便无物可用！这与蓍草圆不圆、神不神、是否长寿没有关系。

若非要找一点蓍草到姬昌手里的合理性，那么，河南北部适宜蓍草生长，蓍草又有一定的驱虫功效（朱熹也曾用蓍草席），所以，蓍草铺在了姬昌身下，又拿在了他的手上。

通过神化自己或自己的先辈，以稳固自己的统治，是历代帝王的惯用伎俩。唯圣意是瞻，带着观点找材料或借口，做些添油加醋狗尾续貂的欺世文章，是某些学者权威的生存之道。蓍草，在原野上自生自灭，没招谁没惹谁，竟被戴上神圣的法器大帽！你再读历史等，还敢大意吗？

剥去画皮，蓍草可明目！

（2020年10月23日）

你的"自愿"谁做主

自愿，就是自己愿意。按正常，谁的自愿当然由谁本人做主。但是，现实却不尽然，会有反常。

如果你是一位普通劳动者，你希望自己的收入增长还是降低？正常情况下的正常人，当然是盼着收入增长，这是正常现象。广东一家公司却出现了反常情况：老员工和高管100%申请参加自愿降薪活动。

公司发布说明公告称，这些人内心普遍真实高兴满意。这正常吗？

该公司离职员工发布的聊天截图显示，"今年公司效益良好，利润有较大增长，允许员工自愿申请每月降低待遇10%"。

效益良好，利润有较大增长，与员工降薪之间怎么能形成顺畅的逻辑关系呢？匪夷所思，网友们议论纷纷。议论的焦点，集中在"自愿"二字上。

该公司随后又发布说明公告称，这次活动的本质是："所有参与者今年总年薪会大幅度提高，人均总年薪提高10万元以上，提高部分以年终奖形式今年就发放。"这段话让人理解了员工自愿申请降薪的内在动力：申请降薪，年终可以多拿钱。如果没有申请降薪，即便付出了同等的劳动，年终是不是也不能如申请降薪者一样多拿钱呢？这种申请的"自愿"成分有多少，"自愿"是由谁做主，是不是引诱胁迫的结果，列位看官应心知肚明了吧！

在媒体对申请自愿降薪现象进行议论后，这家公司董事长发表声明，解释了员工的"自愿"："因为如此申请的员工都知道实际这个活动公司是真心要对好的员工好。他们选择相信公司，我也选择相信他们。只要他们有任何一个人证明我对他们的信任有错信，我就愿意亏钱奖励这个人。"董事长还为员工代拟了一份空白的格式声明："我是××员工×××，我在申请自愿降薪活动中符合申请条件，我申请过自愿降薪，但我不是自愿的，特此声明。"没有员工签这份声明，这能坐实员工的自愿吗？列位看官不会不知道"人在矮檐下，不敢不低头"的道理吧？

现实中，有些"自愿"还真不一定是由自己做主的。比如过去，自愿捐款，自愿拆迁，自愿买断工龄下岗。有的捐款是直接扣工资，有的拆迁是不拆就被断水断电、单位找你"谈话"甚至面临法院强制执行，有的下岗是因为原企业以前被夸得制度如何先进优越可是现在破产了。这些强力之下的"自愿"，是不是由当事人做主，可问问其本人。

不仅一个人的自愿有时不由其本人做主，有时整个民族的自愿也难由当事者做主。纳粹统治下的德国，人人都会"自愿"行举手礼并庄重地喊一声"嗨希特勒"！日本军国主义最疯狂时期，鬼子们"自愿"为天皇卖命杀人或自杀还感到非常荣幸。这些"自愿"的家伙其实是被彻底洗脑了，统治者之愿早已取代了他们的自愿。一个人，一个民族，长期不行使自愿的权利，就会丧失这个机能。

忽然想到了斯德哥尔摩综合征。这种综合征是指被暴力侵害的人因为生命受到威胁，反而对施暴者产生依赖和崇拜，甚至"自愿"帮助犯罪者的一种情结。国外多起破获的性奴案，就是例证。一名罪犯囚禁多名性奴。时间一久，这些性奴自愿讨好罪犯，甚至为争风吃醋而杀死"情敌"。警方从暗无天日的地窖中解救出这些性奴，她们中竟还有人"自愿"替罪犯开脱。"自愿"被他人做主久了，就没了人格与灵魂！

事出反常必有妖。若有人想为你的自愿做主，你得当心是不是遇到了鬼！

（2020年11月13日）

真的很严重

最近，有两件被称作"严重"的事件，让光洲不得不严重关注。

一件事是 11 月 9 日，贵州省福泉中学教师聂某驾驶非机动车，在市政府红绿灯处人行道上行驶。11 月 17 日，聂老师在电视上正式表示，自己"严重"违反了《中华人民共和国道路交通安全法》，向全市人民道歉。福泉中学领导也在电视上表示，聂某的不文明行为，"严重"违反了《中华人民共和国道路交通安全法》，"我们作为教育单位感到很惭愧"。

另一件事是一位企业员工，因 16 天未按要求"微信打卡签到"，企业认为该员工违反考勤制度将其开除。员工认为"微信打卡签到"并未写入公司规章制度，公司解除其劳动合同违法。法院审理后认为，现有证据不能认定员工的行为属严重违反公司规章制度的情形，企业解除劳动合同违法。因该员工不要求续签劳动合同，遂判决企业支付该员工经济补偿金 49340 余元。

聂老师的行为违反《中华人民共和国道路交通安全法》，达到"严重"的程度了吗？根据自由心证的原理，光洲相信，让并不熟知《中华人民共和国道路交通安全法》的普通人根据生活常识来判断，不会认为这种行为"严重"。她所在学校的领导也没必要"很惭愧"。《中华人民共和国道路交通安全法》在字面上没有把驾驶非机动车在人行道上行驶认定为"严重"违反该法，在处罚措施上也没体现出认为这种行为"严重"，只规定了"对于情节轻微，未影响道路通行的，指出违法行为，给予口头警告后放行""行人、乘车人、非机动车驾驶人违反道路交通安全法律、法规关于道路通行规定的，处警告或者五元以上五十元以下罚款；非机动车驾驶人拒绝接受罚款处罚的，可以扣留其非机动车。"根本没有要求行为人在媒体上"示众"道歉。

是什么力量让聂老师承认自己"严重"违法并以"示众"方式道歉的呢？聂老师既没有造成他人人身伤害和财产损失，也没造成道路堵塞秩序混乱，其行为"严重"在何处呢？

再说说那位斗胆不按企业要求"微信打卡签到"的员工，其行为在企业看来很"严重"，"严重"到非开除他不可。然而，法律不这样认为。法院审理查明，企业虽把"微信打卡签到"的要求发给了员工，员工也回复"收到"，但是，"收到"不意味着"同意"，而且，不"微信打卡签到"就开除，这种事关劳动者饭碗的重要制度，也没有经过法定程序制定、公布。因此，企业所认为的员工违反的"微信打卡签到"考勤制度本来就没有法律意义，更不存在员工"严重"违反的情况。企业认为很"严重"，其实是拿无聊当有趣。

当要一个人承担责任时，要依法评价其行为，而不能凭某个人的主观意志或阶段性工作的"形势需要"去认定行为是否严重。聂某法外"示众""道歉"，员工不"微信打卡签到"就开除，这两起事件很严重。由这两件事光洲明白：在有些地方，法治还未彻底战胜人治。法治建设，任重道远！

（2020年11月20日）

怎样用民心

民心可用。这是许多人都懂的道理，关键是怎么用。

造反者在起事之初常蛊惑民心。大泽乡起义前，陈胜、吴广就装神弄鬼，把写有"陈胜王"的帛藏在鱼肚里，让买鱼的士卒无意中发现。吴广又半夜学狐狸叫："大楚兴，陈胜王。"戍卒们相信"陈胜王"是天意，遂揭竿而起。后来的"莫道石人一只眼，此物一出天下反""迎闯王，不纳粮"，亦用蛊惑之道。

无耻的当权者以民心作筹码。面对咄咄逼人的列强，慈禧觉得"扶清灭洋"的义和团对自己有利，"拳民忠贞，神术可用"，就发布诏令，政策由以前的剿灭变为袒护、支持，以义和团作为对抗洋人的一支力量，向十一国宣战，豪赌！待八国联军攻入北京，她赌输了，又开始屠杀义和团，舰着脸讨好洋人，"量中华之物力，结与国之欢心"。义和团在慈禧手里，由棋子变成了弃子。

狡黠的政客以民心作道具。袁世凯要当正式的大总统，且要合乎民心地当，怎么办？通过国会选举呀。投了两轮票，袁大人都未能当选总统，怎么办？变戏法！上千军警换上便衣，把国会团团围住，不选袁大人当大总统，就不允许议员们离开。吃不上饭的议员们被困到晚上9点，终因饥饿投降了，袁大人变成袁大总统。袁大总统又想当皇帝了，除了一帮文人在《顺天时报》上鼓吹君主立宪外，还有妓女请愿团、乞丐请愿团代表本届民意，坚决要求袁大总统早日登基。当然，这都是袁大总统手下导演的。看这道具用的，看这戏法变的，出神入化呀！

近来，有些地方以问卷调查、电话随访等方式，进行群众满意度调查，这当然是尊重民意的一种创新。然而，有些调查却没有让百姓感到尊重，反而生出了"误解"。据澎湃新闻报道，南京市江北新区近日邀请市民参与南京市高质量发展成果满意度调查，如果愿意成为调查候选人，完成电话调查后，将获得10元话费奖励。市民收到的信息是"如您接到电话，请耐心听完，并配合回答哦。'满意'是您对江北新区最美的称赞！""请不要使用'说不清''不了解''还行'等模糊语言回答哦！"这种做法，陷入了"满意度诱导造假"的质疑。南京市江北新区党群工作部人员说，上述表述不够严谨，对此给老百姓引起的"误解"，"实在抱歉"。"误解"，"误"在群众，而解释者还"实在抱歉"，这言辞之妙，姿态之高，令人叹为观止！如此民意调查，是想利用民意改进工作，还是想以10元话费赚民意拔高政绩，民心自知，不会误解！

靠装神弄鬼骗，靠投机取巧赌，靠不给饭吃逼，靠起哄撒泼闹，甚至靠高科技手段充话费收买等，都不可能真正长久拥有民心。坚持尊重、维护、发展人民根本利益者，才能凝聚民心，让人民从内心真正拥护。

民心，宝贵着哩。无诚心者，难得民心。

（2020年12月4日）

从吃相看品位

人吃饭是为了活着,但活着不能只为了吃饭。吃,和人生紧密相连。有时,从吃相就可以看出一个人的品位。

历史老人常把相同的考卷发给不同的人。不同人的答卷反映出他们的优劣高下。以肉糜作考题,不同答卷人的境界就立马见分晓。

被拘押在羑里的姬昌拿到的考卷是肉糜。纣王听信妲己谗言,杀了姬昌的长子,以其肉糜做成饼,诈称鹿肉,送给姬昌吃,以测试他是否真的善识阴阳,预知祸福,日后谋反。姬昌明知是自己儿子的肉,为了消除纣王的警惕,却佯装不知,含悲吃下后向纣王谢恩,为早日获释创造了条件。

斗转星移。到了战国,肉糜的考卷又发给了魏国大将乐羊。乐羊奉命攻打中山国。中山国以乐羊的儿子作人质,企图瓦解乐羊的攻势。乐羊不为所动。中山国杀了人质以其肉糜煮成羹,送给乐羊。乐羊当场吞下一杯自己亲骨肉做成的羹。乐羊的决心摧垮了敌人的意志,中山国放弃了抵抗。

秦末,肉糜考卷发给了草根出身的刘邦。刘邦与贵族出身的项羽争夺天下,兵弱将寡,屡战屡败,连老爹及老婆都成了项羽的俘虏。

两军阵前,项羽高喊:"你不赶快投降,我就烹了你爹。"此时刘邦的亲爹,随时会被剁成肉糜。岂料刘邦使出了无赖嘴脸:"我与你曾相约为兄弟。我爹就是你爹。你一定要烹了你爹,请分给我一杯羹。"

当场偷换概念,把自己的亲爹强行倒手给了对家,进而占领道德制高点,这个爱吹牛、喝蹭酒、欠账不还的老赖亭长,为了夺天下,虽然不顾人格底线,倒也机智,细品,还有些许豪迈。笨蛋项羽,拿在手里的人质好牌遭到"王炸",凭空又多了个爹,领回去好好养着吧。

晋惠帝的肉糜考卷最奇葩搞笑,这张卷子没有直接发到他手里,幽默的历史老人让这个傻皇帝自己出了道肉糜的考题。在饿死人的灾荒年，晋惠帝竟然问下属，百姓没有粮食吃，为什么不吃肉糜呢？

为了远大的目标能够忍痛、忍辱吃以自己骨肉做成的肉糜，其坚忍令人敬畏。在博弈中把肉糜作为回击敌人的道德武器，其斗争艺术让人叹服。问没有粮食吃的百姓为什么不吃肉糜的昏君，留下了千古笑柄。一张肉糜考卷，足以让人看透不同的答卷人呀。

历史老人不光发肉糜的考卷，还发过其他有关饮食的考卷，比如茅台酒。

1935年3月，中国工农红军在茅台镇第三次渡赤水河，历史就以茅台酒作为答卷发给了百姓和他们的子弟兵。群众以自己酿的茅台酒迎接为他们翻身解放打天下的亲人，红军饮茅台酒解乏，用茅台酒洗伤口消毒，但是，坚持三大纪律八项注意，向供酒的百姓按价付钱，公平买卖。中国工农红军总政治部《关于保护茅台酒的通知》明确要求："民族工商业应鼓励发展，属于我军保护范围，私营企业酿的茅台酒，酒好质佳，一举夺得国际金奖，为人民争了光，我军只能在酒厂公买公卖，对酒灶、酒窖、酒坛、酒瓶等一切设备，均应加以保护，不得损坏。望我军全体将士切切遵照。"

一张茅台酒的答卷，彰显出红军正义之师、仁义之师的崇高及百姓对他们的热爱。

同样是茅台酒的答卷，有的人就在卷子上写满了肮脏的贪腐。内蒙古自治区人民政府原副主席白向群一次受贿茅台酒就达30箱。落马后从其家中查扣的茅台等高档酒就达1000多瓶。之所以收受这么多名酒，他说："要趁在位时把退休后要喝的酒准备好。"贵州省原副省长王晓光家中的茅台酒多达4000余瓶。听到要被查处的风声，为销毁证据，他把茅台酒往下水道倒。茅台酒的答卷上写满了他们的贪婪。在百姓心中，他们就是为人所不齿的寄生虫。所幸的是，他们属于极个别，而且，已经被揪出来了。

是否忘记了初心，能不能担当使命，有时从吃相中也可见一斑。

（2020年12月11日）

不妨自设网上批评冷静期

前几天备受关注的一件事情发生了戏剧性的反转。

原来的报道是，12月8日，广东东莞一位网约车司机为了送乘客患急病的婴儿上医院，闯了三个红灯，要被处罚。乘客若能向警方说明情况，为司机作证，司机就可以被免予处罚。但是，乘客拒绝作证，网上口诛笔伐遂成波涛汹涌之势：不道德，不知感恩，冷血，以后如何做人，怎么会有脸教育孩子……

然而，12月16日，新华社、人民网报道了真相：司机请求作证时，误打了同日住院的另一名患儿家属的电话，对方不明就里，拒绝作证。而网约车司机所送患儿的家属，根本就没有接到要求作证的电话。网上批评声戛然而止。

听风就是雨，在网上闻风就立马点手机或敲键盘发表批评意见，虽有一时发泄的快感，但是，批评后发现，所批评内容与事实不符，批评错了，是不是也尴尬呢？

即便批评者真的没心没肺、知错坚决不改、毫无廉耻之心而不知脸红尴尬，但是，如果因错误批评而侵权了，法律能答应吗？

要避免网上错误批评的尴尬，不妨给自己设个网上批评冷静期。点手机或敲键盘批评前，先冷静，让指尖在理性指挥下行动：

对要批评的事实，一定要搞清楚，越扎实越详细越好，最起码基本事实要清楚。否则，免开尊口。

对被批评对象，要尽可能地让其阐述理由，尤其是舆论一边倒、被批评者被剥夺话语权时，更要尊重其解释、辩解的权利。要树立"我不同意你的观点，但我捍卫你说话权利"的理念。批评前要听各方的不同意见。否则，免开尊口。

对批评所涉及的自己不懂的专业知识，不能想当然。要请教专家或查阅资料，搞懂以后再批评。否则，免开尊口。

对要批评的人或事，要搞清楚其所代表的是同类人或事的主流还是个例，以便准确把握批评展开的尺度。否则，免开尊口。

对批评所涉及的内容，要明白法律政策的相应规定。否则，免开尊口。

对所批评现象的成因、本质及与其他事物的联系，要有清醒的认识。否则，免开尊口。

网上的错误批评意见，其表现形式虽然五花八门，但大多数错误有一个共同的成因：冲动。在发表批评意见前，冲动战胜了理智。于是，捕风捉影的失实，偏信则暗的失察，外行违背科学的武断，以偏概全的片面，法盲老粗的鲁莽，不知从实际出发的执拗，便纷纷出笼了。

冲动是魔鬼。魔鬼在夫妻间作祟，夫妻就会想到离婚。2021年元旦施行的民法典，增加了离婚冷静期的规定。

夫妻协议离婚的，婚姻登记机关收到离婚申请后30天内，夫妻双方中的任何一方都有权撤回申请。国家立法时已考虑到以法律规定促使当事人冷静以战胜冲动的魔鬼。

要发网上批评的你，是不是也要让自己先冷静下来，不被冲动的魔鬼怂恿呢？给自己定个批评冷静期吧，时间不拘长短，但须确保理性。

网上不是法外之地。发言者应对自己的言论负责。有了冷静理性，对自己，对他人，对社会，都会多些责任保障。

当然，你发表批评意见的目的应是与人为善，有助于矛盾化解、问题解决，光洲才建议你自设网上批评冷静期。如果你是为了把水搅浑、唯恐天下不乱，光洲就不与你探讨网上批评冷静期了。因为你搞阴谋诡计，你的冷静意味着狡猾险恶。

网上批评，当然要快，但是，正确更重要。冷静，有时也出战斗力。

（2020年12月19日《义乌商报》，2021年第4期《杂文月刊》。）

一不留神成"陛下"

如果说这几年有点进步，那就是我不再多梦了——已进知命之年的老打工仔，不奢望大富大贵奇迹的降临，每日码字著文换饭活命已足矣。然而，现实却不停地"撩"我。

有人低声下气地称我为"主子"。

有人甜得发腻地喊我"亲爱的"。

还有人毕恭毕敬地对着我"启奏陛下"。

作为"主子"，我并无奴仆。喊我"亲爱的"那个美眉，并不是我的妻子。我没有情人，也养不起小三。莫说与陛下称谓相符的皇帝或国王，我连个组长的职务也没有。小区把门的保安或负责垃圾分类的清洁工也对我吆五喝六。成为"亲爱的""主子"和九五至尊的"陛下"，是因为我在虚拟空间下了份订单。于是：

"主子！您购买的宝贝已经发货啦！"

"亲爱的！我家补酒最养人。包您青春焕发！"

"启奏陛下！您的快递到了，放在门岗货柜。密码……"

网上卖家为何如此谦恭客气呢？因为现实中，人人都有得到尊重的愿望。卖家希望满足买家的心理以促成交易。

在现实中得不到的东西，人们就会展开想象，到虚拟世界去获得。清朝小说家李汝珍鄙视现实中的自私自利斤斤计较尔虞我诈，于是，在其小说《镜花缘》中就创建了一个"君子国"。"君子国"乃礼乐之邦，国中"耕者让田畔，行者让路。士庶人等，无论富贵贫贱，举止言谈，莫不恭而有礼"。"君子国"的市场交易，卖家力争要交付上等货，却只肯接受低价；买家力争要拿次等货，却坚持付高价。李汝珍在小说的虚构中展现自己的理想，网上买家在卖家的恭维中满足自尊，都是一种聊以自慰。网上卖家抓住现实需求，以人的心理满足作为撬动利润的杠杆支点，在现实与虚拟间切换自如，堪称精明。

然而，我不敢把网上卖家的恭维当成尊敬。因为现实已多次告诉我，如果我对收到的货不满意，想退货时，卖家就不再把我当"主子"了。如果我发现补酒并无滋补功效，或不是纯粮固态发酵酿造，而是含有食用酒精，可能对人体有害时，卖家就不再甜言蜜语称我"亲爱的"了。她会坚决不退货甚至如潘金莲给武大郎喂药一样，恨不得把酒给我强灌下去。如果我发现收到的货有破损时，卖家和快递公司都不再把我当成"陛下"，我会瞬间被他们变成皮球踢来踢去。

这就又让我不得不佩服李汝珍的彻悟。他在《镜花缘》创建"君子国"的同时，又告诉读者还有一个"两面国"的存在。"两面国"的人，个个都头戴浩然巾，把脑后遮住，只露一张正面。他们待人接物，"和颜悦色、满面谦恭光景，令人不觉可爱可亲，与别处迥不相同"。但是，浩然巾所遮盖的不为人见的另一面，却藏着一张恶脸，鼠眼鹰鼻，满面横肉。一旦被人揭开浩然巾识破行藏，就会"露出本相，把好好一张脸变成青面獠牙，伸出一条长舌，犹如一把钢刀，忽隐忽现"。

虚拟世界并非凭空产生，而是现实的映照。鲁迅先生说过，"所谓天马行空似的挥写，然而他们写出的，也不过是三只眼，长颈子，就是在常见的人体上，增加了眼睛一只，增长了颈子二三尺而已"。

网上卖家的恭维，李汝珍的"君子国""两面国"，其创造力，都没有逃出鲁迅先生"三眼"与"长颈子"定律，都有着现实的根据与目的。

事出反常必有妖。卖家的恭维烂了大街，是否说明尊重的稀缺？买家对恭维的免疫，是否说明诚信的珍贵？

买家若被一声"陛下"蒙蔽，就不能只骂骗子太狡猾，骗你的，还有一个你内心的真实自己；卖家想出"启奏陛下"台词来，已把做生意当演戏了，怪买家不上当其实是对小聪明的嘲讽。风还没动，树也没动，你们的心早就在动了。

真诚最好。人有真诚出定力，社会真诚多了才更稳定。

（2020 年 12 月 25 日）

攀附

在多情人眼中，长藤攀附大树，二者相偎相扶，若恋人相依，是一道风景。刘三姐就与她心爱的阿牛哥以《藤缠树》山歌互诉爱情：山中只见藤缠树，世上哪见树缠藤？青藤若是不缠树，枉过一春又一春……

然而，现实中，有一种似藤缠树的攀附，不仅让人感受不到柔情蜜意的美好，反而吸血噬肉，极其凶恶。这种攀附的目的只有一个：牟利。

远的不讲，先说最近发生的事吧。

据多家媒体报道，眼下有些用人单位在录用大学生时很看重实习经历，而大学生想到大厂或大机构实习已非易事。因为有中介瞄准了大学生这一需求，开启了捞金模式：要实习就必须找我。我不牵线搭桥，你就无法获得实习机会。要我牵线搭桥，中介费万元起步。当然，你肯出钱，不去实习，我也可以通过内部关系给你开出实习鉴定。

中介为什么能拦住大学生进入大厂或大机构实习的道路，进而勒索"买路钱"呢？因为中介攀附上了大厂或大机构的要害人物，所以就可以坐享无本万利。如果这些大厂或大机构是国有的，这种攀附是不是一种腐败呢？大学生本可平等享有实习权利，因被中介攀附垄断，就不得不奉上父母的血汗钱。中介因攀附，获得了暴利，但社会上因之少了一分公平，多了些怨言甚至怨恨。

小中介攀附大厂或大机构勒索大学生实习的"买路钱"，是刚出现的攀附品种，比起官场的攀附可谓小巫见大巫。

曾被人称作云南省"地下组织部长"的捐客苏洪波，就是一个普通商人，连根"藤"都算不上，充其量也只能算是根"草"。但是，苏洪波却能让"大树"屈尊主动来攀附自己。据披露，苏洪波刻意营造自己来头大、靠山硬、关系广等身份背景，故布迷阵，使云南省委原书记白恩培、秦光荣等高官将其奉为上宾，其他人焉能不趋之若鹜地攀附？苏洪波在云南官场兴风作浪，"倒卖"官帽，插手经济项目，赚得盆满钵满。

白恩培、秦光荣主动攀附苏洪波的目的是什么？其实还是攀附！他们妄想利用苏洪波所谓的来头、靠山、关系做进一步的攀附，以获取超额回报。

攀附之徒，多无正经本事，故走寄生之路。古代宦官之流，多出此辈。朱元璋对攀附权力的寄生危害有着高度警觉，明令宦官不得参政，曾命人在宫门内立铁碑："内臣不得干预政事，犯者斩。"明成祖朱棣由于得位不正，开始重用宦官，使他们有了施展攀附之术的空间。攀附者日渐坐大，最终骑在了原来被攀附者的头上。朝臣竞相拜大宦官魏忠贤为干爹，给他建生祠。白恩培、秦光荣攀附苏洪波，颇有几分明朝遗风。

未见其人，先观其友。有些官员，百姓见他一面不容易，忠奸难辨。不妨看看攀附他的人和他攀附的人，就知道他是什么东西了！

（2020年12月31日）

一拦一推间的价值

网上视频显示，2021年第一天，某省委书记调研，一位市民上前向他反映，购房遇到问题找有关部门却迟迟得不到解决。省委书记随行的两名工作人员见状两次阻拦这位市民："没事让一下！"省委书记两次推开工作人员，坚持让这位市民说下去。工作人员的拦与省委书记的推只在须臾间，但是，这已让宪法的价值在现场跌宕起伏。

市民有问题迟迟得不到解决，向省委书记反映，既是维权，也是对责任部门的一种批评。于情理，这正常；于法律，这正当。《中华人民共和国宪法》第四十一条规定，公民对于任何国家机关和国家工作人员，有提出批评和建议的权利。省委书记属于国家工作人员，且是领导，公民向他反映情况，提出批评或建议，有宪法依据，是行使宪法赋予的权利。省委书记听取公民的反映、批评或建议，是履行宪法所规定的职责。

宪法的价值在公民与省委书记之间，本应得到正常体现，但是，两名工作人员却容不得这种正常，他们妨碍宪法价值的实现，连话都不允许公民向国家工作人员讲！明明看到、听到公民在向省委书记讲，省委书记在听，却执意要公民"没事让一下"！

在这两名工作人员眼里，百姓的事被当成事了吗？！宪法规定的公民权利，入他们的眼、进他们的心了吗？！

放一下视频的"慢动作"，就更能看清楚在短短33秒之内宪法价值的起起伏伏：

公民向省委书记反映情况，省委书记倾听，宪法价值开始正常实现；

一名工作人员上前插在省委书记与公民之间，要公民"没事让一下"，公民的宪法权利受到侵害，省委书记履职受妨碍，宪法价值被贬损；

省委书记推开上前阻拦的工作人员，让公民继续讲下去，侵害、妨碍被排除，宪法价值恢复正常；

另一名工作人员上前阻拦公民，要他"让一下"，公民的宪法权利再次受到侵害，省委书记履职又受妨碍，宪法价值再次被贬损；

省委书记再次推开上前阻拦的工作人员，让公民继续讲下去，侵害、妨碍被排除，宪法价值又恢复正常。

没有编剧，没有剧本，没有导演，没有明星职业演员，只有各个角色的"本色出演"，但是，这一幕生活的真实，法治的真实，又岂是所谓的艺术能刻画出来的！

阻拦公民向国家机关和国家工作人员反映情况、提出批评或建议的事件，远不止这33秒视频中的一件。曾几何时，有的地方公然派人拦截上访群众，"截访"一词由此诞生。"截访"任务繁重，甚至要请其他势力帮忙。

前些年，某保安公司与一些地方政府签订协议，收取佣金，拦截上访者，并进行殴打。一位上访者在被押送过程中逃脱，黑幕才被撕开。国家信访局也强调，绝不允许"截访"。

经历了几千年的封建社会，中国人民今天享有的向国家机关和国家工作人员提出批评和建议的权利来之不易。为了这项权利，孙中山等革命党人同清王朝进行斗争。为了这项权利，蔡锷等政治家与狂妄称帝的袁世凯进行斗争。为了这项权利，毛泽东等共产党人领导人民同帝国主义、封建主义、官僚资本主义进行斗争，终于推翻了压在中国人民身上的三座大山。这项权利，是多少仁人志士抛头颅洒热血才为人民争得的，岂容"没事让一下"给废掉！

如今，国家工作人员就职时要进行宪法宣誓。"我宣誓：忠于中华人民共和国宪法，维护宪法权威，履行法定职责，忠于祖国、忠于人民，恪尽职守、廉洁奉公，接受人民监督，为建设富强民主文明和谐美丽的社会主义现代化强国努力奋斗！"但愿所有国家工作人员面对公民的诉求时，都不忘记自己的宪法宣誓。

年关将至，又到了各级领导下基层慰问送温暖的旺季。不知群众面对面向领导提出批评和建议时，还会不会有人横在领导与群众之间叫嚣"没事让一下"？不知领导遇到这种情况，能否做出如本文中省委书记一样的有力一推？

维护了宪法尊严的那一推，有千钧之力！

（2021 年 1 月 8 日）

清除职场牛魔王

牛年伊始，万象更新。各条战线上，孺子牛，拓荒牛，老黄牛，甘于奉献，不待扬鞭自奋蹄。大河上下，长城内外，人勤春早，政通人和，欣欣向荣。然而，在孺子牛、拓荒牛、老黄牛之中，有时会混入一种高高在上、飞扬跋扈、牛气冲天的害群之牛。这种牛，成精作怪，毫无勤恳善良品性，专以恃强凌弱为乐，堪称职场牛魔王。牛魔王不除，孺子牛、拓荒牛、老黄牛受压迫，改革、发展和稳定将遭受破坏。

发红包，抢红包，本是群众喜闻乐见的活动。但是，此活动若沾了牛魔王的气息，不仅让人乐不起来，还心生恐惧。

北京一家房企的副总裁，除夕夜在微信工作群发红包，第二天中午发现有5名员工尚未领取，随即要求这5人在群内公开检讨，并要求每人另发200元红包，如执行不到位，下午4点后移出群，年后处理。

这位副总裁说，对于工作群的情况超过24小时不予关注，先不谈责任心的问题，最基本的职业素养何在？过年不是放羊！

看看，牛魔王发红包，你敢不捧场，性质何等严重，后果何等可怕。

贵阳一家单位出了件奇葩的事：单位领导通知员工下班后去参加同事的生日聚会。有两位员工因手头拮据，仅通过短信向同事祝贺生日，没去参加聚会。单位领导竟要求二人各交100元罚款，还得道歉。一位被罚员工不服，领导要将其开除。

如果你认为职场牛魔王只是罚几两散碎银子、说几句吓唬人的狠话，那你就大错特错了。厦门国际银行一位新员工，面对"A角"敬酒时表示，因身体原因，不能喝酒，而且将来也不打算喝酒。牛魔王勃然大怒，当即让这位员工体会到敬酒不吃吃罚酒的后果——耳光扇在脸上。

如果你认为牛魔王只存在于企业中，那你就太孤陋寡闻了。

今年元月中旬，一名受害人的妻子在网上发帖称，其身为济源市政府秘书长的丈夫到机关食堂一个餐厅吃早饭，时任市委书记问："你怎么到这里吃饭？""你是不是把自己当成副市长了？"该秘书长回答："你能在这里吃饭，我咋就不能在这里吃饭？"市委书记当即掌掴该秘书长。受害人妻子向公安机关报案，警方回复：怎么处理，得请示领导。党政机关里不仅有牛魔王，牛魔王为非作歹时，政法机关都犯愁！

如果你认为打人的牛魔王只有一个市委书记，那你就又错了。甘肃省纪委监委发布通报，称武威市委原书记火荣贵，搞一言堂，随意、频繁、大量调整干部；辱骂殴打身边工作人员……

职场中的牛魔王雌雄黑白高低胖瘦各不相同，但有一个共同点：在其地盘上以言代法，为所欲为。《中华人民共和国劳动法》《中华人民共和国公务员法》等法律根本不入牛魔王的眼。这正是牛魔王的猖狂之处，也是其致命要害所在。

《西游记》中的牛魔王最终在照妖镜下现出原形被擒获。如果我们用党纪国法照照职场中的牛魔王，通过舆论工具把其盛气凌人、称王称霸、践踏普通劳动者人权的丑恶嘴脸公之于众，他还敢那么嚣张吗？

加强监督，依法清除职场牛魔王，营造风清气正的职场环境，孺子牛、拓荒牛、老黄牛才能安心耕耘，有尊严地劳动。

（2021年2月26日）

警惕师德染铜臭

师德,居于社会道德的上游,本应圣洁。师德一旦遭到铜臭污染,流毒之深远,祸害之惨烈,难以估量。近日,天津一位女教师的师德染上了铜臭,熏得天下网友掩鼻怒斥,也把光洲吓出一身冷汗。

这位女教师批评学生的音频被发到了网上。学生家庭条件也许不太好,或者没有达到这位女教师认为的好,这惹得她向学生发泄情绪:"以往送到我班里的学生,家长都是当官的,要不就是家里条件特别好,事业单位的。"回忆过引以为傲的幸福史,她开始训斥眼前的学生:"你爸爸一个月挣多少钱呀?!别怪我瞧不起你!你妈妈一个月挣多少钱?某(同学)妈妈一年挣的钱,比你妈妈五十年挣的都多!你们的素质能一样吗?反思一下你们的家长,有多少素质?!"

按这位教师的逻辑,钱的多少决定人素质的高低。教师是人类灵魂的工程师。受她铜臭师德熏陶的灵魂会有怎样的品德呢?

嫌贫爱富。艳羡富贵,爱屋及乌,以巴结官员富人为傲,甚至以服务他们的子弟为荣,视穷人如草芥敝屣。

恃强凌弱。人家有权有钱就应高高在上,你家无权无钱就得任人欺凌。这就是理,这就是命!"别怪我瞧不起你"!

仇恨一切。你被训斥是因为父母不是事业单位的,无权无势而且穷。他们生你养你无功,让你吃苦受辱有罪!同学家庭条件好对你是一种威胁与压迫。家庭、社会都值得你仇恨!

照此塑造出的灵魂,能有"狗不嫌家贫,儿不嫌母丑"的传统忠诚吗?能符合社会主义核心价值观平等友善的要求吗?

这样的灵魂,不忠不孝,不仁不义,气人有,笑人无,仇视美好,是一颗危害社会的定时炸弹。

以出身把人分为三六九等是残酷的。荒谬盛行的年代,"老子英雄儿好汉,老子反动儿混蛋""地富反坏右"的出身标签,让个人承受了多少屈辱,民族经受了多少伤痛,国家遭受了多少损失呀!如今,竟有铜臭师德妄图"以财产的不平等代替出身的不平等",对公民进行贵贱分类,使唯利是图、弱肉强食、社会割裂"道德"化、"合理"化,进而导致阶层的对立与仇恨。铜臭师德,令人不寒而栗!

所幸的是,被铜臭污染的师德是个别的,以钱论人素质的女教师已被撤销教师资格,调离教师岗位。

挣钱少的母亲,素质就一定低吗?

三迁的孟母,画荻教子的欧母,截发延宾的陶母,刺字的岳母,不仅未因家贫而被人认为素质低瞧不起,反而都因教子有方而流芳。

伟大的中国共产党,曾为一位普通贫穷的母亲举行过公祭。她嫁于佃农之家,终日辛劳,直至生孩子还在田地里劳作。她生了十三个孩子,为了生活,不得不溺死五个。面对人吃人的社会,她沉痛诉说,启发儿子幼年时反抗压迫追求光明的思想。她举债供儿子读书,支持儿子参加新军,加入同盟会,为民族的独立自由幸福而斗争。她的儿子后来成为人民军队的缔造者之一,他的名字叫朱德!

铜臭师德,污蔑最广大的母亲,压制平等的人权,阻碍社会的进步,决不能让其泛滥成灾!

(2021 年 3 月 5 日)

别再糟蹋"最美"了

即便你能数清楚天上星星有几颗,你也不一定能查清楚人间荣誉有多少。因为有人热衷于创设荣誉,荣誉新品种产生速度远快于天体的形成。在浩如烟海灿若繁星的荣誉中,"最美"系列荣誉属于新生成的一个星系,特别耀眼,让人不得不关注。

学校里有最美教师,机关里有最美公务员,领导中有最美书记……"最美"已实现了"横向到边,纵向到底"的"全覆盖"。

"最美"离你并不遥远,"最美"也许就在你身边。然而,你的体验有没有因之而"美",或"更美",甚至"最美"?那就只有你和天知道了。

榆林市最美警察霍某,担任绥德县公安局"扫黑办"副主任,这一下,黑恶势力该胆战心惊,人民群众该有安全感拍手称快了吧?然而,霍某以自己的丑行一再亵渎"最美"称号。他多次接受黑社会性质组织头目安排的"一桌餐"宴请,违规入股黑社会性质组织头目参股的煤矿,纵容黑社会性质组织违法活动,造成严重后果和恶劣社会影响。他的"最美",只是一张画皮,掩盖其下的,是他的丑恶嘴脸——黑恶势力"保护伞"!

被媒体称为最美县委书记的袁某,作为蓬安县的"一把手",她本应为全县党员干部做清廉的表率,当全心全意造福蓬安人民的标杆。然而,她却反其道而行之,把为人民服务的宗旨观念抛到九霄云外,滥用职权,受贿达4000多万元。群众称其"人有多大胆,家有多大产"。随着"打虎拍蝇"的深入,这位所谓的最美县委书记现出了原形!

"最美",本应在公众心目中有崇高的地位,成为公众学习的楷模。公众一旦发现"最美"是"水货""假货",那么,原先对"最美"的崇敬，就会变成如吞了只苍蝇般的恶心，甚至产生道德信任危机。

"最美"为什么会屡屡被糟蹋呢？评选把关不严只是其中一个浅层次的原因，更主要的原因是"高大全"般的"最美"，本来就不是如萝卜白菜一样的大路货，而评选"最美"总有给定指标，有得评，没有也得凑数。于是，就开了滥竽充数之门。

若以发展的眼光看，没有"最美"，只有"更美"。若要评特定阶段、特定领域的"最美"，有就评，没有就不评，宁缺毋滥，方能服众。

老子曰："天下皆知美之为美，斯恶已。皆知善之为善，斯不善已。"

"水货""假货"充当"最美"，看似"最美"很多，但反映出的恰恰是社会"美"的稀缺。评不出"最美"，或者评出的"最美"少之又少，但质量十分过硬，经得起公众与时间的考验，反映出的又恰是社会对"美"认同的高标准。

庄子曰："圣人不死，大盗不止。"一时没有"最美"，社会依然会向着"美"的方向前进。伪"最美"一旦泛滥，倒是会让人对"美"产生误解，甚至失去信心，以丑为美。

糟蹋"最美"，是对社会的伤害，对公众的污辱。

（2021年3月12日）

领导植树有啥了不起

同样是义务植树,领导植了,群众也植了,有什么不同?地不辨官民,树不知贵贱,应当说领导与群众植树并无二致。然而,广西壮族自治区南宁市西乡塘区的做法,却在制造领导义务植树与普通百姓义务植树的不同,显得有某种了不起。

近日,西乡塘区在义务植树活动中,设置了"处级领导植树区域",挂牌明示。此举引得舆论批评如潮。

该区发布通报回应称:"工作人员小王由于对城区方案理解不深不透,把城区党委、人大、政府、政协四个种植区域的牌子统一制作成了'处级领导植树区域',造成了工作上的失误和一些负面影响。"

这真是越描越黑。根深蒂固的等级观念是"处级领导植树区域"牌子立足的根基,不从领导思想作风上找根源,却拉出个年纪轻、资历浅的小字辈来顶缸,这不糊弄群众吗?

而且,此回应对责任领导的掩护可谓周到:方案是没有问题的,错误出在小王对方案"理解不深不透"。为什么要这样解释呢?因为方案是经过领导研究拍板的,方案错即领导错。方案不能错,错只能是小王错!

可是,党委、人大、政府、政协那么多处级领导植树时,面对"处级领导植树区域"的牌子,为什么都无动于衷安之若素心安理得呢?该不是小王伸手捂住他们的眼了吧?

可怜的小王呀!此番背锅成功后,领导会不会觉得你这个挡箭牌好用,以后频繁把你推上前?因为他们等级观念不消,舆论批评就不止呀!

"工作人员小王"这个称谓,用得多了,会不会像"隔壁老王"一样成为群众耳熟能详的新"成语"?"小王"清白堪忧!

领导干部应与群众保持血肉联系，应有鱼水之情。一块刺眼的"处级领导植树区域"牌子，如一把寒光凛凛的利刃，硬生生割开了领导与群众的联系。

想当年，面对敌人的搜捕，党员干部在群众中最安全。如今，纵然有党纪国法的规定，个别领导却非要把自己独立于群众之外，连义务植树也要强调一下与群众的不同，危险呀！

也不能说领导干部义务植树完全没有特别的意义。1981年12月13日，第五届全国人民代表大会第四次会议通过《关于开展全民义务植树运动的决议》，规定凡是条件具备的地方，年满11岁的中华人民共和国公民，除老弱病残者外，因地制宜，每人每年义务植树三至五棵，或者完成相应劳动量的育苗、管护和其他绿化任务。从此，植树成为一种法定的公民义务。此后的一个时期，领导带头参加义务植树，对普及绿化法律知识，提高全民义务植树积极性，确实有促进作用。

40年过去了，如果领导再带上一帮随从，把义务植树搞得前呼后拥仪式感很强，只能招来群众对官僚主义、形式主义的反感。

遥想当年，左宗棠进军西北收复新疆，沿途植柳；焦裕禄在兰考豁出命来带领群众治沙治水，广栽泡桐。左宗棠所植柳树，被后人称为左公柳。焦裕禄所栽泡桐，被后人称为焦桐。左公柳，焦桐，都没有种在特定品级官员植树的专属区域内，而是真正种在了百姓心中，成了活着的丰碑，万世敬仰！

领导植树是不是了不起，别光瞧眼前，还要看身后。

（2021年3月20日）

手机平台骗俺一段情

测试题。A、B、C、D四张照片上的猫,你喜欢哪一只?

2019年年初,我在手机上偶尔看到这道题,随手选了D。

恭喜您!从现在起,您开启了桃花运,步入人生浪漫之旅!

手机关于D选项的解析,让俺不敢相信自己的眼睛:俺相貌平平,才不出众,背井离乡,打工糊口,苟全性命,属于弱势群体中的绝佳扶贫对象,岂敢对美色有半点奢望?然而,这答案可是来自互联网呀!是大数据、云计算高科技的成果呀!

俺对美好生活的向往被唤醒。俺就琢磨:身边女同胞,或颜值惊艳,或985精英,她们不会来共享俺的浪漫。那么,俺的桃花运在哪儿呢?

再做手机测试题。无论俺选鲜花、水果、蜂蜜,还是毒蛇、马蜂、蜈蚣随便什么东西,答案解析都是:俺要交桃花运。

可是,除了寂寞,俺身边连根狗尾巴草也没有,更莫说什么花啦!

阳春三月,我打工的单位与另一家单位合而为一,实现了融合,我到新的地点、新的环境中。

新单位院中的缓坡上,有一片桃林。艳阳下,桃花盛开。桃之夭夭,吾心澎湃!桃之灼灼,吾心期待!桃花已在眼前,桃花运还会远吗?俺信心百倍,新单位又美女如云!

然而,美女们很高冷,没有任何迹象显示她们中有任何人会与俺有一星半点的浪漫。即便同乘一部电梯,电梯中满是白雪公主,而小矮人只有俺一个,白雪公主们也不以小矮人稀缺而珍惜,而是直接忽略俺的存在!

2019年的桃花开了又谢。俺的桃花运没来。

2020年的桃花开了又谢。俺的桃花运没来。

2021年的桃花开了又谢。俺的桃花运还没来。

桃花运浪漫之旅的那一叶扁舟，究竟弯在哪儿了呢？

近日看一些良心报道，方知俺被骗了感情！

综合各方面报道，俺才知道：一些平台在后台自动记录用户的信息，收集存储后，用大数据分析，从而判断出用户的喜好习惯，再有选择地投其所好设置自动向用户发送信息。

俺偶尔点了一道游戏测试题，平台记录下来俺的手机上网信息，从此反复向俺推送此类信息，勾引俺开启了虚无缥缈的桃花运浪漫之旅。

你若认为平台自动记录分析你的信息仅是为了投你所好讨你喜欢，从而把其当作善解人意的哈巴狗，那你就太善良了。平台记录用户信息的目的是获利。

一些常在网上订机票、旅游服务的用户有时会发现：自己明明是平台的老客户，订的商品或服务价格却比刚注册的用户还要高。这就是因为平台已记录分析了你的网上消费需求、喜好，进行所谓的"大数据杀熟"。

投你所好的平台，不是可人的哈巴狗，而是一只惑你心智、乱你性情骗财骗情的狐狸精！

近来有人发现，不同品牌的手机打车，价钱也不一样。总的规律是售价贵的手机打车，要比廉价的手机打车价高一些。这是平台加工分析用户信息后实行的价格歧视。

网上也不是法外之地。《中华人民共和国民法典》第一百一十一条规定："自然人的个人信息受法律保护。任何组织或者个人需要获取他人个人信息的，应当依法取得并确保信息安全，不得非法收集、使用、加工、传输他人个人信息，不得非法买卖、提供或者公开他人个人信息。"

平台未经用户同意就擅自收集、使用、加工用户信息，是违法的。这类违法发生在虚拟空间，但其危害却是实实在在的。魔高一尺，道高一丈，还是道高一尺，魔高一丈？这要看执法部门与骗财骗情平台的较量。

依法打击平台侵犯公民信息权，任重道远，也当与时俱进。

（2021年3月29日）

敬英雄　学英雄　当英雄

日前，一名小学生的鞠躬感动了无数网友。这名小学生来自河南省商丘市火店镇中心小学，参加了学校组织的到烈士陵园祭扫活动。离开陵园前，他走到烈士墓前——鞠躬。老师说，看到这一幕，"一瞬间特别想哭"。

此事经《人民日报》微博发布后，网友们盛赞"少年强则国强"。

一名孩童给烈士鞠躬带来的感动，映射出了大众对英雄的崇敬，对英雄活在下一代心中的欣慰，和希望英雄辈出的共同心声。

伟大的中华民族涌现的英雄灿若星河。

结束战乱、实现统一、使人民能够安居乐业的秦皇汉武唐宗宋祖是英雄。

抵御入侵、保卫人民的戚继光、郑成功、左权是英雄。

以文章作匕首、投枪与吃人制度斗争的鲁迅是英雄。

"为了新中国前进"甘愿粉身碎骨的董存瑞是英雄。

舍生取义的张志新是英雄。

为了人民的温饱治沙治水献出生命的焦裕禄是英雄。

敢于按下鲜红手印，争取生存权的小岗村农民们是英雄。

以共产党人实事求是的勇气冲破"左"的樊篱，允许农民进城经商的谢高华是英雄……

不同时代造就不同的英雄。不同的英雄担当起不同的历史使命，谱写出可歌可泣的诗篇，创造出彪炳千秋的功绩，积累下宝贵的英雄主义精神财富。

继承好、发扬好英雄主义精神，个人就会有正确的人生方向和处世楷模，团体就会有远大的目标和顽强的战斗力，社会就会有强大的正能量，民族就会有逐梦前行实现伟大复兴的不竭动力。

然而，面对英雄，极少数人不仅没有崇敬，反而以龌龊之心度英雄之举，向英雄泼脏水；还有人投机取巧，妄图从英雄身上蹭热度以谋私利。

"宁肯高原埋忠骨，绝不丢失一寸土。"2020年6月，4名当代最可爱的人在抵御印军挑衅时英勇牺牲。烈士陈祥榕写下的战斗口号"清澈的爱，只为中国"，竟成了一些商人蹭热度投机的目标。截至2021年3月15日，国家知识产权局收到多个商家共17件"清澈的爱"的商标申请，涉及服装、饮料、广告、食品、饲料等多个类别。

英雄造福人民，人民爱戴英雄。法律保护英雄，英雄岂容侮辱！诋毁英雄者已受刑罚，往英雄身上蹭热度的奸商已被处罚。2021年3月1日起施行的刑法修正案（十一）对此也有明确规定。

"一个没有英雄的民族是不幸的。一个有英雄却不知敬重爱惜的民族是不可救药的。"

英雄，是我们民族的脊梁。英雄主义，是我们不可或缺的精神力量。敬英雄，学英雄，当英雄，应成为时代的主旋律。

一个人就是一面旗子，一个人就是一支军队，一个人就可以彰显一种精神。清明又至，缅怀英烈，我们不妨想一想：我能迎风而立吗？我敢于向强敌亮剑吗？我在砥砺奋进吗？

以坚定的脚步走英雄路，你就是英雄！

（2021年4月2日）

官员与演员

自古以来，官员与演员这两个行当的区别就很明显：

官员，管人管事管钱管物管天管地管空气。

演员，凭自身演技，博观众一乐或骗些同情眼泪糊口而已。

官员处于上流。演员则被称为戏子，属于下九流。

当然，现在官员已成人民公仆，演员则是文艺工作者。官员与演员的人格、社会地位在法律上是平等的。不过，由于职业性质不同，二者的工作内容或谋生手段也不可能相同：

官员通过为百姓提供政务服务获得薪水。

演员通过扮演角色或演绎作品获得报酬。

但是，不知为什么，近年来一些官员很乐于向演员跨界，演技越来越娴熟，即便是职业演员，也相形见绌。

中国检察网近日发布的一份受贿案起诉书，就让演技高超的官场演员——郑州市人大常委会原副主任王铁良浮出了水面。2009年王铁良任河南省新密市委书记时，当地农民工张海超在一家企业打工患上了职业病尘肺，但是，涉事企业拒绝提供张海超职业病检查所需要的资料。在经多家大医院认定张海超患尘肺病后，郑州市职业病防治所仍坚持认为张海超所患的是肺结核，不是职业病尘肺。无奈的张海超冒死进行了开胸验肺，他患尘肺的事实经媒体报道后大白于天下。省里领导做出批示要求严肃处理。时隔一天，王铁良带着摄影记者来到张海超家中。一进门，王铁良就喊道："海超，哥来晚了！"随手抱起张海超的小女儿亲过左脸蛋又亲右脸蛋，让孩子喊他"伯伯"，并告诉张海超："有什么条件都随便提，随便说个数。"张海超及家人感动了，认为"正义来晚了，但还是到了"。

然而，瓦片撂得再高也有落地的时候。12年后，检察机关指控王铁良收受涉事企业贿赂40万元，利用职权帮助该企业避免停产整顿。

　　王铁良演得多像啊！一声不带姓氏的"海超"，让人顿觉他不是外人。和农民工称兄道弟，不由得让人感觉亲切。抱小孩，亲小孩，让孩子喊"伯伯"，简直要融入这个家庭了！痛苦无助中的张海超怎能不感动！又怎能想到眼前的"哥"，就是他维权路上最凶恶的拦路虎！

　　你可能对王铁良的演技叹为观止，想给他颁个"最佳官场演员"之类的奖。你千万不要冲动！因为官场上演技在他之上者大有人在。

　　如果说王铁良的表演以台词动人，那么，三门峡市人大常委会原秘书长、卢氏县委原书记王战方的表演就不仅有豪言壮语，而且有道具。王战方任职该县主要领导长达9年，他坚持在建于20世纪50年代的土坯房中办公。在接受央视采访时，王战方说，有群众联名写信要求县委改善办公条件。然而，王战方认为，县里有比盖办公楼更重要的事。

　　他说："盖了办公房，我舒服了，老百姓舒服吗？"听听王战方感人的话语，再看看陈旧的土坯房，你是不是觉得他是个心中装着百姓的好书记？不要被他的演技和道具给迷惑了！虚伪狡猾的王战方后来被撕下画皮，因涉嫌受贿罪被逮捕了。

　　有一件事令人不解。王铁良、王战方之流都是边腐边升，难道仅仅是因为演技高超而没被识破吗？

　　据说，某些女演员要想上镜拍戏，有潜规则捷径：跟导演睡！某些官员跨界演戏不断高升，是不是也循了哪条潜规则？官场若有此规则与受益的导演，和演艺圈还真有点像哩。

（2021年4月9日）

手机那点事（上）

有些东西，没有也罢；一旦有了，用起来顺手了，人就对其形成依赖，甚至须臾难离。手机就是这样的尤物。

你出门可以不带钱包，但是，不能不带手机。

你睡觉前不一定与你亲爱的那位一起虔诚地祈祷感谢某一路神，或者平静地互致晚安，或者激动地施行动物的本能，但是，你会盯着手机看得直至瞌睡虫拽下你的眼皮。

你虽然不知道领导说了什么，或者你认为他说的是大话、空话、假话、废话甚至屁话，但是，领导命令你转发这些话，你就会乖乖地用自己的手机转发。因为你知道，是否让领导的话出现在你手机里，是个态度问题，事关方向、忠诚、站队、印象、前途，甚至饭碗。领导指挥着你，领导的手机指挥着你的手机。离了手机，领导的指挥就不直接及时了。离了手机，你也无法紧跟领导了。两只手机，如手铐的两个环，一个环铐着你，一个环铐着领导。

人有超强的想象力和无穷的创造力。比如一截木头，人用刀劈，用斧砍，用锯锯，用刨刨，用凿子凿，用胶粘，挖空心思施加暴力，最后，木头变成了神像，人再下跪，磕头，焚香，祷告。同理，手机是人创造的，手机却又变成了人的神。

20世纪90年代初，你对面走过来一个手持如砖头大小黑硬塑料块的家伙，你也许会对他肃然起敬：他手里拿的黑砖头是大哥大呀！那黑砖头要两三万元，能顶普通人好几年的工资呀！黑砖头打电话接电话都要钱，用起来贵得要命呀！他非富即贵呀！

手持这块黑砖头招摇过市，引车卖浆者流绝对仰视。多少苦读的学子与苦熬的职员梦想通过奋斗早日拿起黑砖头，多少情窦初开的少女视持黑砖头者为成功男神呀！

121

然而，人很快又创造出新的手机之神，使用数字信号的手机闪亮登场。轻巧、便捷、经济的新型手机成了人们膜拜的对象，使用模拟信号的大哥大在人们眼中变得傻大笨粗，跌落神坛，成了废物。

忽然，又一个手机洋神降临了，身边很快聚拢了一批信众，世称"果粉"。

果粉们起初很虔诚，每有新型号的手机洋神要降临，他们都会天不亮就去专卖店排队，不惜代价请回最新的神。在这批信众眼里，用的洋手机型号是不是最新的，反映出的是人够不够潮，是人生态度和品位问题。让果粉用老型号洋手机，他羞愧得出不了门，觉得没脸见人。请一尊手机洋神价格不菲，但有果粉扬言要为此卖肾。

终于，国产手机把外来和尚会念经的神话戳破了。从各方面看，国产手机都不比洋品牌手机差，一些国家甚至对中国手机的竞争力感到恐慌，竟采取非法手段阻挠销售。有些果粉还俗了，不再当手机粉，回归理性，重食尘界烟火，认清手机就是手机，既不是用来拜的，也不是用来炫的，而是要当作工具用的。这一顿悟，如丹霞烧佛，颇得真谛。

人创造了手机，手机服务着人，不知不觉中，手机又绑架了人。

手机是电话，手机是钱包，手机是玩具，手机是饰品，手机是面子，手机是通行证，手机催生新产业，手机区分新阶层，手机布下新陷阱，手机教你养生，手机制造近视老花，手机让你低头毁颈椎……

定格人与手机的一个个细节，如同站在社会的哈哈镜面前，看一看，想一想，生活竟如此幽默。

（2021 年 4 月 16 日）

手机那点事（下）

接着上期的话题，咱们继续聊手机。

有人说，一个人就是一个国家。顺着这个比喻往下说，手机就是个人王国对外开放的窗口。

你使用手机，你的个人王国就实施了对外开放。开放的窗口一打开，新鲜空气和苍蝇都会进来。

手机里有信息，信息里有真相也有谣言。

手机里有要约，要约里有商机也有骗局。

手机里有服务，服务里有诚信也有陷阱。

手机里有文化，文化里有精华也有糟粕。

手机里有好友，好友里有好人也有坏蛋。

你对信息、要约、服务的选择、分析、取舍、评判，如同皇帝批奏折、作决策，反映着你的知识、阅历、经验。这就是你在手机个人王国的执政能力。

你对文化的选择，如同"上有所好"，反映着你的爱好、情趣、志向和价值观。这就是你在手机个人王国确立的主流意识形态即立国之本。

你对好友的选择，如同你在手机个人王国林立的世界中给自己的定位。从与你保持友好关系的是哪些手机个人王国，就可以看出你是属于超级大国，还是属于发达国家，或者是住房紧张、工作辛苦、收入微薄的发展中国家。这就是你在三个世界划分中的站队。

除了从手机这个对外开放的窗口获取信息，你还不断地从这个窗口发布信息。

你发出的短信、微信、微博、QQ言论，把自己展示得纤毫毕现：你是整天关心美食、美容、养生、时装的小资，还是胸怀世界、放眼全球，总担心离了自己地球就不会转，老觉得别人笨蛋而自己却怀才不遇于是七个不服、八个不忿的愤青？是时常颐指气使高高在上发号施令者，还是唯唯诺诺常常转发指定信息从不发表不同意见安分守己做和尚撞钟的职员，或者是常贩卖些针头线脑的电商？手机把你的职业、内心、品位、阶层照得比 X 光片还清楚。

古人有所谓天人合一之说。如今智能手机时代，已是人机合一。手机就是你，你就是你的手机。

你若认为手机蕴藏禅机，决定携此修行，可千万要保持定力呀：

手机里有引人走向真善美的金玉良言。

手机里有招嫖聚赌的犯罪诱惑。

手机里有以科学给人指迷津的传道授业解惑。

手机里有古今中外的迷信八卦。

手机里有勤劳致富的途径。

手机里有许你高回报的融资骗局……

现实中有的，手机里有；现实中没有的，手机里也有。

拿好你的手机，用好你的手机吧。智能手机时代，手机已与你融为一体。

道高一尺，魔高一丈。拿着手机修行，且行且珍惜吧！

（2021 年 4 月 23 日）

摘掉面具吧

做本色自己，活出真实自我，这应当是某些职场人士难得的境界。

之所以难得，是因为这些职场人士戴着虚伪的面具骗人，自己也承受着真我与假我双重人格甚至多重人格撕裂的痛苦。

前不久，中原一个城市的市长热线电话工作人员，无意中摘掉了面具，让公众见识了其真假两副面孔，出了糗事，成为笑谈。

这位工作人员打电话回访一位曾经投诉医院乱收费的市民，问投诉问题是否得到了解决。投诉者称没有解决。工作人员说："好的。知道了。再见。"

按照正常逻辑，工作人员既然说"好的"，就意味着了解到了事情的进展；说"再见"，意味着会继续关注问题的解决并与投诉者联系。如此看来，她是一位认真负责有礼貌善待群众的好同志。可是，如果您这样看，就被她的职场面具蒙蔽了。

她结束与投诉者的通话后，忘记了挂断电话，讲给同事的话暴露出了她的另一副面孔："为了45元钱打了仨电话，这种人不要脸，神经病一样。"

她的这段话被同样没有挂断电话的投诉者听到了，录了音，发到了网上。厌恶投诉者，污辱投诉者，摘下职场面具的这位工作人员，与之前认真负责有礼貌善待群众的形象，是不是判若两人？哪一个才是真实的她呢？相信您已明白。

戴着面具欺骗民众，是政客的拿手好戏。2010年4月28日上午，时任英国首相、工党领袖布朗深入选民中，为本党竞选拉票。66岁的女选民达菲当面告诉布朗，虽然自己一直是工党的支持者，但她仍旧对工党执政期间高筑的国债及执行的移民政策、教育收费及福利制度提出了质疑。在媒体的镜头前，布朗很耐心地向她解释实行这些政策的原因。在两人三四分钟的谈话结束后，布朗对达菲表示感谢，并说"很高兴见到你"。

之后，布朗返回乘坐的汽车内准备驶往下一个目的地，却对身边的随行人员说，刚才的对话简直就是场灾难，责怪工作人员不应该让这样的选民出现在他面前。

当布朗的助手向他询问刚才那位选民说了些什么的时候，布朗回答说："该问的都问了！她是个偏执的女人，还说自己过去是工党的支持者，真是可笑。"

虽然布朗与随行人员的对话都是私下进行的，但由于布朗当时身上佩戴的电视直播麦克风一直没有关闭，这些对话都被原原本本地记录下来并在英国广播公司和天空电视台新闻频道反复播出，引起一片哗然，给工党的竞选带来了阴影。

达菲在得知布朗对自己的私下评价后表示非常不安，她说自己所做的不过是向布朗提出"大多数人都会提的问题"。达菲说，布朗应该道歉，但他不需要当面道歉，因为自己已经不想再跟布朗说话。达菲还表示，自己家几代人都是工党的支持者，这一次她原本已经填好了给工党的选票，但发生这一事件后，她将放弃投票。

要与自己认为是"神经病""不要脸"的人说"再见"，要向自己认为是"偏执的女人"说"很高兴见到你"并"表示感谢"，戴职场面具者骗人的同时也痛苦呀。

口是心非的市长热线电话工作人员与当面一套、背后一套的英国首相布朗都为自己的表里不一付出了代价：

市长热线电话工作人员被给予警告处分，扣除相应绩效工资，作出书面检查，其领导向投诉者道歉，退回多收的45元钱。

当天下午3点左右，布朗亲自前往达菲家登门道歉。在约45分钟的闭门对话结束后，布朗重新站在媒体面前，表示自己对上午所发生的事件感到"羞愧"，称自己"是个忏悔的罪人"。当年5月6日，工党在大选中落败。5月11日，布朗向英国女王递交辞呈。

卖瓜的不会说瓜苦。瓜甜不甜，不能只由卖瓜的说，吃瓜群众更有发言权。服务型政府建设得怎么样？公职人员是不是勤政为民？群众心中自然明白。如果对群众没有真心实意，只是戴着职场面具表演，迟早会被识破面具背后的嘴脸的。

　　如果想以服务大众作为自己存在的理由，那么，就请拿出诚意来。靠戴着面具骗人，是不能长久的。布朗不就辞职了吗？

（2021年5月7日）

经济明镜映政治高下

经济和政治总是如影随形。经济像一面镜子，可清晰映出执政水平、执政能力和施政效果。叫花子出身的朱元璋和让别人尊奉自己为老佛爷的慈禧，分别在晋商板块镜子前露了一下脸，二人高下立见。

大明初建，边关驻军物资运输成了难题。从表面看难在路途遥远，物资量大，运力不足。实际上却是罗锅子上树——钱（前）缺，中央财政无力支付巨额的运费。

洪武三年（1370），朱元璋循着山西行省参政杨宪的建议，把目光投向了山西，决定实行"开中制"：政府利用手中的食盐专卖权，以军需招商。商人先将粮食等军需物资运送到政府指定的边防卫所，换取贩盐的专营执照"盐引"，凭"盐引"到政府指定的盐场支盐，最后在指定的行盐地区销售，获取利润。此政一出，晋商如鱼得水，边关驻军也有了物资保障。山西北接边塞，南有河东（今运城一带）盐池之便，晋商盐粮两利，迅速崛起，成为明中叶以前最强的商帮。

及至明弘治五年（1492）政府变纳粟中盐为纳银中盐，晋商失去边关物流获利的优势，但是，"开中制"带来的120多年财富积累，使得晋商实力雄厚，得以迁居扬州，移师江淮；贸迁四方，布局天下；巩固盐业，多业以营；朋合为帮，和衷共济。可以说，朱元璋注入的政策DNA，为晋商日后称雄打下了底子。

斗转星移。距朱元璋拍板实行"开中制"后530年，光绪二十六年（1900），又一位实际的最高统治者盯上了晋商的荷包，她就是慈禧。

这个婆娘被八国联军吓得跑出北京城，一路仓皇逃窜，颠沛流离，如丧家之犬。逃到山西时，昔日养尊处优的她，居然体会到了挨饿的滋味，还有了一时乏用的囊中羞涩。她甩开腮帮子磨着后槽牙狼吞虎咽吃着晋商乔致庸家的饭菜，一个劲儿地叫"真香"。吃饱了又觍着脸借了30万两银子。借了以后又琢磨着不还。婆娘金口一开，政策就来：解除票号不得涉足官银的禁令（为乔家量身定制）。乔家为朝廷在山西收税3年，由乔家大德通票号直接解送官府。

协同庆票号资助20万两银子，婆娘当即发布口谕："一个协同庆票号，筹款支差，比得上山西藩司，也快比得上我大清户部了。余后应予奖叙。"回京后，婆娘赏协同庆一对红木幢，并把官方汇兑业务交给了协同庆，使得协同庆迅速成为同行大哥大。

婆娘对晋商之政，以国家利益换取个人一时之需，不计成本，更无深谋远虑，可谓钻头不顾屁股。

经济是政治的基础。政治是经济的集中体现。施政，立足的利益群体越广，惠及的利益群体越大，格局越高。反之，格局越低下。

朱元璋虽为叫花子出身，但是，其决策的"开中制"，以巩固国防为目的，从财政困难的实际出发，以利益诱导、惠及晋商，达到了各方利益的平衡，促进了社会稳定、经济繁荣。仅从晋商这面镜子，就可窥见其政治才能之杰出。慈禧，以个人利益为中心，以国家利益作交换，其对晋商所施之政，与"有奶便是娘、有钱便是爹"的叫花子有何区别？从晋商这面镜子看这个老佛爷，真乃纯种叫花子，其政治才能，当在零分以下。

如今一些贪官的判决书中，常见为特定关系人谋取不正当利益的情节。特定关系人之"特"，就在于向贪官输送利益。以国家、人民利益为交换，把为人民服务的岗位变成谋取私利的工具，这种官员，无论是公众还是行贿者，都看不起他。无原则，无道德，无论爬再高的位，捞再多的钱，骨子里都与慈禧神似。

（2021年6月4日）

心不平　腚难安

穿越时空，是文学作品和影视剧的一种表现手法。然而，前不久，在北京的公交车上，一个自称有残疾的老妇，因为觉得别人给她让座慢，就在众目睽睽之下，以滔滔不绝的骂街，让人们见识了一场价值观的穿越。你且听她穿越时的台词：

我还真是正黄旗人！有通天纹！你有吗？！

瞧你这打扮长相就不像北京人儿，臭外地的，上北京要饭来了！

我生在红旗下，长在天安门！

我二环之内户口，每月退休工资七八千，才叫北京！

你妈妈！你姥姥……

老妇的这通骂，拽着当前的社会主义核心价值观往回拉历史的倒车，一下子拉到了17世纪中叶，满人入关后高人一等，"留头不留发，留发不留头"的种族歧视、民族压迫仿佛回到了眼前；又把坐井观天不知天高地厚的眼界和嫌贫爱富瞧不起外地人的小市民俗气喷满车厢，令人作呕；再把污言秽语横行霸道的恶棍混混气展现得淋漓尽致，让人不由得产生想动手管教她的正义冲动。

语不惊人死不休呀。老妇骂街的价值观穿越，让其他乘客惊愕，令广大网友愤慨，使法律不能容忍。于是，警方迅速出手，把这个正黄旗、有通天纹、住二环以内、辱骂外地人的老妇从穿越中拉回了现实：行政拘留。案由是她多次使用歧视性语言谩骂他人，造成不良社会影响。

坐在别人让给自己的座位上，还不停地骂让座人，这是一种什么心态？说其霸道、狂妄自大不为过吧？高人一等的心态让这个老妇在公交车上坐得不安稳，以至得挪到拘留所去坐。屁股坐在拘留所，就比在公交车上安稳了。警方通报称，这个老妇，对自己的违法行为供认不讳，并表示悔改。

无平等待人处世之心，不仅乘公交车坐不稳，就是给辆轿车，屁股也会无处安放。

当年，有奴才孝敬了慈禧一辆汽车。汽车在当时可是稀罕的奢侈物件呀。刚开始，慈禧对这个不用人抬马拉也能跑起来的轿子很感兴趣，坐上兜了一圈。但是，因无平等之心，她很快心生别扭：与司机并排而坐，这岂不是和奴才平起平坐吗？万万使不得！自己坐在后排，司机在前排开车，这岂不是尊卑倒置？坏祖宗的规矩，断然不行！自己把屁股安放在座位上，命司机跪着开车，可是，这样又行不通。

贵贱有别的不平等心态，让慈禧在现代工业文明的产物汽车上，无处安放自认为高贵的屁股。于是，这辆汽车因不符合大清国情，被弃之不用，丢到库房吃灰。

乘公交车被拘留的有通天纹老妇的心态，既代表不了满族或旗人，也代表不了北京人。因为，社会主义核心价值观才是当代中国的主流价值观。

北京是北京人民的北京，也是全中国人民的北京。作为国际交往中心，北京也是全世界的。开放的北京，以平等的心态，包容来自全国各地乃至世界各地的求学、创业、旅游、访问者，其开放的博大胸怀，又岂囿于"二环之内"？

平等，是社会主义核心价值观的重要内容之一。当今之人，不以平等的心态立身，就会处处碰壁。当今之企业，不以平等的心态运营，就很难有众志成城的团队。当今之城市，不以平等的心态包容各种积极因素，就很难有开放的辉煌成果。

放平心态，学会包容，平等待人吧。这样，你才能在平等的社会找到属于你的位子。否则，你很有可能闹出慈禧的笑话，或如有通天纹的老妇，乘公交车却坐进了拘留所。心不平，腚难安啊！

（2021年6月12日）

"诚"在笔先

书法创作，讲究意在笔先。书圣王羲之在《题卫夫人笔阵图后》写道："夫欲书者，先干研墨，凝神静思，预想字形大小、偃仰、平直、振动，令筋脉相连，意在笔先，然后作字。"此义后来引申，也适用于作画、写文章，意思是先构思成熟，再落笔画或写。其实，写文章除了意在笔先，"诚"在笔先，也很重要。

"诚"在笔先，就是诚实，要知晓自己所写的事物，写自己的真情实感，既不要不懂装懂，也不要虚情假意。

在学习写作之初，就应培养"诚"在笔先的习惯。历史学家、文章大家吴晗同志在《三家村札记 谈写作》中写道：

"小学生也要写作文，有的还写得很不错，北京出版社在过去几年选辑了几批写得较好的文章，出了几本书，很受欢迎。把这些出版的文章，仔细研究一下，有一个共同的规律，那就是全写的是小学生生活实际中的事情。小学生生活中实际中的事情，无非包括两个方面，一个方面是学校生活：老师、同学、班上、课外活动等等；另一个方面是家庭生活，家里的人：父母、兄弟、姊妹、亲戚、朋友，扩大一点，还有同院的人、街坊、邻居等等。超过这两个范围，要他们写外地、外国，写工业、农业（农村的小学生当然可以写一些）、商业、部队等就不行了，道理很简单，因为他们不知道，不熟悉，不了解。"

吴晗同志由此得出结论："写作必须写自己生活实际中的事情，而不去写那些不知道、不熟悉、不了解的事情，这是一个基本的原则，是应该为经常写作的人所理解的。"

看来，吴晗同志是赞同"诚"在笔先的。

现代作家、教育家、文学出版家叶圣陶先生也是"诚"在笔先的赞成派。他不仅在《作文论》中专辟章节论述作者要讲"诚实的自己

的话",而且,在《对于小学作文教授之意见》中,还给出了老师引导学生作文时"诚"在笔先的方法:

"心有所思,情有所感,而后有所撰作。惟初学作文,意在练习,不得已而采命题作文之办法。苟题意所含非学生所克胜,勉强成篇,此与其兴味及推理力摧残殊甚。是以教者命题,题意所含必学生心所能思。或使推究,或使整理,或使抒其情绪,或使表其意志。至于无谓之翻案,空泛之论断,即学生有作,尚宜亟为矫正;若以之命题,自当切戒。"

叶圣陶先生主张小学作文教学,少用命题作文。不得已采用命题作文的形式,题目内容也应是小学生熟知的,以便其在分析、剪裁、抒情、明志时能够"诚"在笔先。至于大而无当超出小学生认知的空洞题目,使小学生无法"诚"在笔先的,应戒除。

文如其人。小学生作文起首就"诚"在笔先,不仅有益于写作,而且,对培养诚信品质也大有裨益。

文风即作风。报告、论文、文学作品写作"诚"在笔先,不仅能客观准确地宣事明理、表情达意,而且,是防止浮夸瞒报、文过饰非、无病呻吟的良方,是实事求是之风的力行。

毛主席曾开列出党八股之八大罪状:空话连篇,言之无物;装腔作势,借以吓人;无的放矢,不看对象;语言无味,像个瘪三;甲乙丙丁,开中药铺;不负责任,到处害人;流毒全党,妨害革命;传播出去,祸国殃民。这八大罪状,从写作的角度考察,皆有违背"诚"在笔先原则的痕迹。

"诚"在笔先,既要从娃娃作文抓起,又要革除成人文章中弄虚作假、矫揉造作的病灶,须扶正与祛邪双管齐下,不可偏废。

(2021年7月6日《义乌商报》,《前线》客户端,2021年7月5日《上海法治报》。)

思路一转天地宽

暑假一到，不少地方又把防止少年儿童溺水当作重中之重，拨专款，派专人，顶烈日，冒酷暑，巡查湖塘，看牢水库，严防死守，禁止孩子们下水。然而，与此不同的是，海南省却积极引导孩子们下水，全面加快普及中小学生游泳教育，确保中小学生尽快掌握游泳技能，并对此开展拉网式督察。

条条大道通罗马。目的都是防止水患对少年儿童的威胁，思路却不相同。不让孩子下水的思路是被动的死守，让孩子学游泳的思路是积极的预防。两种思路，效果迥异：被动的死守，防的是一时之患；积极预防，不仅防一时之患，而且兴永久之利，让孩子终身获得水中的生存本领，并强健体魄。

思路决定出路。在工作中，尤其是在重大转折、转型期，思路往往决定着方向、先机、成败。

当年安徽省委一班人，把思路调整到支持包产到户的农民新活路上，拉开了中国农村改革的大幕。

义乌县一把手谢高华同志与义乌历届领导集体冲破"左"的束缚，把思路调整到允许、支持农民进城经商上，进而吸引天下英才到义乌创业，共筑世界小商品之都。

广东省委则顶住种种非难，坚持改革开放不动摇，把思路更加明确坚定地调整为"对外开放，对内搞活；思想先行，管要跟上；越活越管，越管越活"的二十四字方针，确保了广东改革开放航船乘风破浪。

调整思路，要以人民的根本利益为导向。否则，便无正确的方向，迷茫不知所往，甚至采取短期行为，以牺牲长远利益换取眼前蝇头小利哗众取宠，犯方向性的错误。

调整思路，要以实事求是的思想路线为遵循。否则，便无正确的参照，或前人咋样我咋样，看家守摊，墨守成规，无所作为；或唯上、唯书，奉行奴才作风、本本主义，最终在客观规律与事实面前碰壁。

调整思路，要以实践作为检验成败得失的标准。否则，便无正确的客观依据，让谣言有市场，使谬误占阵地，搞乱思想，歪曲事实，淹没真理。

调整思路，要以"虽千万人，吾往矣"的勇气特立独行。否则，便无正确行动的领路人，不敢把官帽子摔在桌子上带领群众闯禁区，搞改革，求创新，没有敢为天下先的胆识，只亦步亦趋随波逐流，岂能有新作为、新天地？

思路看境界。一则笑话很能说明问题。上帝想改变一个乞丐的命运，就问乞丐："假如我给你100元，你如何用它？"乞丐马上回答："我买一部手机，同城市的各个地区联系，哪里人多，我就到哪里乞讨。"上帝很失望，又问："假如我给你10万元呢？"乞丐说："那我可以买一部车，以后出去乞讨就方便多了。"上帝狠了狠心说："假如我给你1000万元呢？"乞丐流着幸福的泪水说："太好了，我把这个城市最繁华的地区全买下来。"上帝挺高兴的。这时乞丐又补充一句："到那时，我可以把我领地里的其他乞丐全部撵走，不让他们抢我的饭碗。"听到这儿，上帝流泪了。没有境界，难脱要饭思路！

思路看智慧。惠子种出的葫芦大而薄，做成瓢，盛东西不方便且易破，便向庄子抱怨此物无用。庄子说，你实在不善于用大物呀。把这种葫芦系在身上渡河，不就成了腰舟了吗？聪明的人思路一变，废物立马变宝贝！

顺时应势转思路，非仁者智者勇者不能为也。

（2021年7月9日）

惠农政策缘何打死结

为支持"三农",国家出台了许多惠农政策。有了惠农政策,农民是不是就可以得到实惠了呢?近日,云南省一个公路收费站发生的一件事就告诉人们,事情并不这么简单。

根据国家规定,整车装载运输全国统一的《鲜活农产品品种目录》内的产品,可以走绿色通道,免收车辆通行费。这是国家为促进鲜活农产品生产、降低物流成本、提高人民生活质量而采取的一项惠农政策。

司机王师傅拉着一车苹果蕉从广东出发,一路走绿色通道,享受鲜活农产品免收通行费的政策,畅通无阻。然而,到了云南境内,这项惠农政策却被打了个死结,收费站工作人员不见钱不放行,理由是,你车上装的不是苹果蕉,而是芭蕉。香蕉在《鲜活农产品品种目录》内,可以走绿色通道,免收通行费。芭蕉不在《鲜活农产品品种目录》内,必须交费。王师傅交了1066元,才获放行。

此事在媒体发酵,收费站工作人员上门退款道歉,解释说自己误把苹果蕉当作了芭蕉,苹果蕉是可以走鲜活农产品绿色通道的,应免收通行费。然而,人们发现,这位工作人员是在背锅。因为就在退款道歉的前一天,当地运输管理部门的认定标准还是:香蕉可以走鲜活农产品绿色通道,免收通行费,而芭蕉、苹果蕉不可以。

孤陋寡闻,没见过苹果蕉,把苹果蕉误认作芭蕉,这可以谅解。自己立下对苹果蕉必须收通行费的错误规则,却让具体执行者背黑锅,明知错误根源在自己,却不敢面对错误,承认错误,更无举一反三彻底改正错误的态度,这让人难以容忍!

向公众公布且要求公众遵守的法律、法规、规章、制度,其外延的解释,都不得超出公众普遍能预测的可能性,比如对苹果蕉的认识,一般人都会认为是香蕉的一种，香蕉能走绿色农产品通道，苹果蕉当然也能。从广东出发，一路上收费站都这么认为，唯独云南收费站与众不同。为什么苹果蕉在绝大多数收费站都能走政策绿色通道，而在云南却受阻呢？

因为大多数地方的运输管理部门都牢固树立了为人民服务的宗旨观念，认为管理就是服务，在具体认定上路的农产品时，把握"鲜活"的外在特征，贯彻"惠民"的政策本意，尽量让百姓享受政策的阳光雨露。而云南那个对过路苹果蕉雁过拔毛的运输管理部门，却能卡则卡，能坑则坑。惠农政策在别的地方顺畅，在云南这个收费站就得打死结，因为这里有"路霸"！其平时的工作未见不便评价，但在对苹果蕉收费这件事上，拿着放大镜也找不出其半点为人民服务的意思！

生产关系要适应生产力的发展。惠农法规政策要适应农业的发展。农产品品种日益丰富，《鲜活农产品品种目录》不可能天天更新，时时穷尽所有符合要求的农产品。胸怀为人民服务的宗旨，把握"鲜活"的外在特征，落实"惠农"的本意，相关政策就会促进经济发展，增进人民福祉。把《鲜活农产品品种目录》当作鸡蛋里面挑骨头的显微镜，为坑农害农找理由，相关政策就会成为阻挡农业发展的障碍。

马克思主义在邓小平手里就是解放生产力、发展生产力的强大理论武器。《资本论》中关于雇工8人就是剥削的只言片语，在改革开放初期却成了某些人手中的绳索，用来束缚生产力。心中是否装着人民福祉，视角不同，方向就各异。如今国家的惠农政策竟被某些人打成死结难以通畅，我们不得不问：这些人是在真心实意为人民服务吗？

如何解开惠农政策执行中的死结？还是让那些变惠农为卡农害农的管理者走开吧。因为再好的惠农政策，他们也能找到借口打个死结，跟老百姓过不去，而我们永远叫不醒一个装睡的人。

（2021年7月16日）

咋说都有理

叫花子能将就。皇帝要讲究。如果叫花子当了皇帝，他会如何讲究呢？他还能再将就吗？

要饭皇帝朱重八登基后，长了讲究的新嗜好，却没忘记将就的看家本领。看官大人！您若穿越到明朝，没准儿也得被老朱的装神弄鬼给骗得神魂颠倒，为他自相矛盾的将就与讲究心悦诚服磕头如捣蒜山呼万岁万万岁。

洪武七年（1374）春，基本消灭了各路异己有生力量的朱重八早已改名叫朱元璋，坐龙椅也有些时日了。遥想当年筚路蓝缕要饭饿得前心贴后背，血雨腥风提溜着脑袋九死一生不是杀人就是被人追杀，命比狗尾巴草还贱。如今贵为天子九五至尊群臣俯首万民颂扬吃香喝辣生杀予夺皆由我。抚今追昔怎能不心潮澎湃感慨万千。慨当以慷写诗阳春白雪歌以咏志是曹阿瞒之类受过良好教育的人才能做出来的风雅，放牛当和尚乞丐出身的老朱想法和发家致富以后的泥腿子农民一样下里巴人接地气：盖房子！

盖高高大大的房子显示自己的实力，文治武功德配，天地恩泽八方。此时的老朱一心要讲究，我皇家盖房子与农家自然不能相同：

农民盖房子是用来住的。我老朱盖房子是用来看的。

农民盖房子土坯、瓦片、泥水必不可少。我老朱盖房子，还得有理论基础，要舆论先行，要师出有名，要万古流芳。

一言以蔽之，农民盖房子为实用而将就，我老朱盖房子为排场而讲究！

房子选址在老朱曾经设置信号旗大战陈友谅并取得辉煌胜利的狮子山巅，高高在上，俯察长江百舸争流，遥望江天之极，尽现皇家气派。房名曰"阅江楼"。老朱亲自提笔作《阅江楼记》奠定理论基础：

自三皇五帝至唐宋，历代帝王定都皆不出中原的范围。"孰不知四方之形势，有齐中原者，有过中原者，何乃京而不都？盖天地生人而未至，亦气运循环而未周故耳。"

虽然其他地方也不错，但是上天没有把帝王降临到这些地方，帝王之气也没运行到这些地方。而我老朱"本寒微，当天地循环之初气，创基于此"。在反抗元朝统治的斗争中取得了伟大胜利，定都金陵，可谓顺应天意。

在金陵的狮子山上建阅江楼，岂是我老朱"欲玩燕赵之窈窕，吴越之美人，飞舞盘旋，酣歌夜饮"？"实在便筹谋以安民，壮京师以镇遐迩，故造斯楼。"

听听！老朱定都盖房子，没有一点自己享乐的意思，上合天意，下为黎民。这是盖房子吗？分明是树碑立传嘛！

老朱下令每位朝臣都写篇《阅江楼记》，讲体会，谈心得，畅想阅江楼建成后的雄伟壮丽和圣主开创事业的灿烂辉煌。君臣同题作文，前无古人！

理想很丰满，现实很骨感。老朱领着一帮大臣把盖房子的理由说得天花乱坠唾沫星四溅，阅江楼的地基刚拱出地面，他又忙不迭地下令停建。原因是：钱不够了！

当了皇帝的老朱此时缺钱到了何种程度？不仅极富仪式感的阅江楼停工了，随后，洪武八年（1375）中都凤阳建设也只能草草收场，只能把在建工程完工了事，不再按原规划建设未开工项目。龙兴之地的工程都不能如愿完成，可见财政何等紧张。

一个"穷"字把老朱打回了能将就的原形。不过，做了皇帝的将就是更高层次的讲究。老朱提笔代臣下立言写下《又阅江楼记》，停建阅江楼再次为老朱形象加分：

先说老朱通天，上天以日食显灵，责怪他不要急于动工。再以三国孙吴政权挫败枭雄曹操和忠勇诸葛亮的入侵图谋为例，讲德政惠民使百姓效忠巩固江山的道理，进一步指出如今老朱"声教远被遐荒，守在四夷，道布天下，民情效顺，险已固矣，又何假阅江楼之高扼险而拒势者欤"？

天佑老朱，老朱乃真龙天子，圣德明君，百姓拥戴，根本没必要建阅江楼嘛！坐在龙椅上老朱的讲究，岂是当年要饭朱重八的将就所能比哉！

读《阅江楼记》，不读《又阅江楼记》，你看不懂真正的朱元璋。

读《阅江楼记》又读《又阅江楼记》，不联系他的其他所作所为，你也很难读懂真正的朱元璋。

大权在握，便占领了理论的制高点，拥有绝对的话语权，不仅朱重八这样，所有的帝王皆如此。他们有一个共同的特点：咋说都有理！

（2021年7月23日）

未曾登楼已生情

借景抒情，托物言志，自古就是文人的看家本领。若仕宦羁旅，或迫于淫威，文人曲笔写意，有时就会让人难以识破，使人只看到景与物的热闹，而热闹背后情与志的门道，须咂摸咂摸才能知其奥妙。被作为千古佳构收入《古文观止》的《岳阳楼记》和《阅江楼记》，便是此类文章的典范。

"予观夫巴陵胜状，在洞庭一湖：衔远山，吞长江，浩浩汤汤，横无际涯……""若夫霪雨霏霏，连月不开，阴风怒号，浊浪排空，日星隐曜，山岳潜形……""至若春和景明，波澜不惊，上下天光，一碧万顷……"

范仲淹在《岳阳楼记》中对景物的描写令人有身临其境之感，当其"登斯楼也"，生出"去国怀乡，忧谗畏讥"之惧，或"心旷神怡，宠辱皆忘，把酒临风，其喜洋洋者矣"时，读者不禁被其情绪感染，随之而忧，随之而喜。然而，真实的情况是：

范仲淹根本没有见过真实的岳阳楼，遑论"登斯楼"！

滕宗谅（字子京）与范仲淹是同科进士，且为挚友。工作中，范仲淹对滕宗谅多有举荐提携。庆历四年（1044）春，滕宗谅被贬知岳州。到任岳州后，滕宗谅扩建学校，修筑防洪长堤，着实为百姓办了些实事好事后，又重修岳阳楼。庆历六年（1046），范仲淹接到了滕宗谅为岳阳楼求文的书信："窃以为天下郡国，非有山水环异者不为胜，山水非有楼观登览者不为显，楼观非有文字称记者不为久，文字非出于雄才巨卿者不成著……"随信附上的还有一幅《洞庭晚秋图》，描绘了岳阳楼及周边景色。

此时的范仲淹正处于庆历新政失败后的政治低谷，被贬知邓州，与滕宗谅同为沦落天涯的迁客。同样的远大抱负，同样的不幸遭遇，同样的心酸委屈，使范仲淹产生了向知音、向皇帝、向天地苍生倾诉的冲动，如洪流怒涛宣泄，大气磅礴千古传诵的《岳阳楼记》跃然纸上。范仲淹对岳阳楼湖山远眺、阴晴晦霁、渔歌互答的描写，句工词简，满纸烟云，可谓文采飞扬。

真正力透纸背的点睛之笔却在最后："予尝求古仁人之心"，我有"不以物喜，不以己悲"超凡脱俗的格调。"居庙堂之高，则忧其民；处江湖之远，则忧其君"，我的价值体现在无我之中。"先天下之忧而忧，后天下之乐而乐"才是我的人生追求。

但是，这只是范仲淹结合《洞庭晚秋图》的看图说话，而他根本没有见过真实的岳阳楼！

应酬之作写成了千古绝唱，范仲淹的才华令历代文人墨客叹服。若知范仲淹未到过岳阳楼，写景只是借题发挥，便更能体会其在困厄中言志时泣血般的孤愤！

在范仲淹写下《岳阳楼记》的320多年后，明初诗文三大家之一的宋濂又玩了把未登楼却写下脍炙人口"楼记"的雅趣。

刚坐上龙椅的朱元璋大兴土木建造阅江楼，以彰显自己的丰功伟绩与皇家气派，并给各大臣布置同题作文《阅江楼记》，让他们写对建造阅江楼的感想。众人竭尽阿谀奉承之能事，一味赞扬阅江楼的雄伟壮丽。

宋濂挥舞生花妙笔，展开想象翅膀，在《阅江楼记》中让朱元璋"见江汉之朝宗，诸侯之述职……见波涛之浩荡，风帆之上下，番舶接迹而来庭，蛮琛联肩而入贡"。在让其虚荣心得到满足后，又自然而然让其"见两岸之间，四郊之上，耕人有炙肤皲足之烦，农女有捋桑行馌之勤"，说出"此朕拔诸水火而登于衽席者也"，并得出"万方之民，益思有以安之"的结论，再联系陈后主建华丽楼阁享乐身死国亡的史实，从而达到委婉劝谏停建此楼，与民休息的目的。

在诸臣的同题作文中，唯有宋濂的《阅江楼记》得到朱元璋赞赏而传世，其他的同质化拍马屁文章都早已化为腐朽。阅江楼地基建起后，朱元璋急喊"停工"。宋濂未曾登楼著妙文、阅江楼有记无楼遂为佳话。

真有风骨的知识分子，不仅有自己的独到见解，往往还有自己独特的表达。要发现他们，使用他们，若听不懂他们如范仲淹、宋濂那样未曾登楼已生情的心声，就会如韩愈在《马说》中所言："策之不以其道，食之不能尽其材，鸣之而不能通其意，执策而临之，曰：'天下无马！'呜呼！其真无马邪？其真不知马也。"

（2021年8月6日）

牢记有教无类

今秋开学，有两件事入了光洲的法眼。一件事是有人向北京市政府建议"禁止公办中小学幼儿园收集家长相关信息"。另一件事是北京市实行中小学校长教师轮岗。

不同的人对这两则新闻会有不同的解读，能联系起来解读的人可能不多。心怀公平正义悲天悯人的光洲把这两则新闻放在一起分析，分明听到了两千多年前孔子的呼唤，正在21世纪的今天发出回响：有教无类。

有教无类，追求的是教育的公平，就是不以出身贵贱作为分类标准，人人都可以接受教育。因为在孔子施行这一主张前，只有贵族出身的人才可以接受教育，而平民则要被挡在学堂门外。孔子办私学，打破了"学在官府"的体制，施行有教无类，扩大教育对象，使平民也有了接受教育的权利。这是一项伟大的创举，是对教育事业乃至社会文明进步的巨大贡献。

不知从何时开始，入学信息填报，对新入幼儿园小朋友或新入学中小学生父母的信息要进行过度收集。父母从事什么职业要填，担任什么职务要填，有的甚至要填家庭收入。

父母的金钱地位与教学教育有必然联系吗？在势利者眼里，富豪、平民的子女，利用价值会一样吗？过度收集幼儿、学生父母的信息，显然是想和有教无类对着干嘛！

北京市教委对"禁止公办中小学幼儿园收集家长相关信息"建议的回复称：

经核实，非常感谢您的建议，一是市教委正在研究取消父母职务信息的收集，二是该信息只用于学籍管理，严格保密，不对普通老师公布。

看看！政府对有教无类是何等的重视！

中小学就近入学，是保障教育公平、体现有教无类的一项好制度。

然而，上有政策，下有对策。就近入学政策直接催生出了一个极具特色的词——学区房。教学质量好的中小学学区房价，对于工薪族来讲就是可望而不可即的天价。除了托祖上福世居好学区的人家，学区以外人家的孩子要入好学校，就得先掂量掂量自己荷包里的银子。

富豪买学区房如买白菜，孩子可以轻松进入好学校。

中产家庭倾尽所有，甚至贷款买下学区蜗居，泣血告子曰：家里培养你多不容易，汝当努力！汝当中状元！背负着道义之债，孩子这学上得多沉重！

至于刚能顾得了温饱的普通工薪族，学区房是可以看的，不是可以住的；好学校是可以做梦想的，不是可以上的。

有教无类，被学区房摁在地上任意摩擦！

又然而，下有对策，上有新政策。政府又来为有教无类撑腰了。

今秋开学起，北京市将大面积大比例推行学校之间的校长教师轮岗。轮岗对象为9年义务教育阶段的校长教师。让优秀的教育管理人才和优秀教师等优质教育资源在不同的学校流动起来，以教育资源均衡促进教育公平，这无疑是一项好政策，有望减轻学区房对有教无类的欺负。在此前小范围试行时，一些猖狂的二手学区房房价大幅跳水，有教无类的曙光似乎要显现了。

然又而，校长教师轮岗现在只是试行，一些隐性的矛盾会不断浮出水面，对参与轮岗校长教师的保障措施也需要逐步完善。实现有教无类，需要综合施策，全社会努力，不可有毕其功于一役的思想。

两千多年来，有教无类始终是一个美好的目标，社会一直在接近它，却从未完全达到它。因为不同时代的有教无类，要解决不同的矛盾。

孔子施行有教无类，打破的是出身不平等造成的受教育权利的不平等。我们现在反对过度收集学生父母职务、收入信息，警惕的是出身不同对有教无类的伤害；试行校长教师轮岗，破除的是地域、贫穷给有教无类戴上的枷锁。

光洲提醒当代教育改革者：牢记有教无类，为实现教育公平而努力！

（2021年9月11日）

说师

一千多年前，韩愈写下《师说》，告诉人们为师的责任和能者为师的道理。

如今，光洲不得不再写一篇《说师》，让人们擦亮双眼，免得闻师便敬，见师就拜，最终掉进以师为幌子的陷阱。

韩愈所说的师，传道授业解惑。这种师，薪火相传，至今仍存，或耕耘在讲台，或奉献于其他行业，用知识哺育祖国的花朵，以经验帮助晚生后辈，自然受人尊敬。

光洲所说的眼下某些师，混迹于市井网络，设盅布局，为非作歹。

你说没见光洲说的这种师？那就先拎三个师给你看看：

"心灵成长"导师。新华社记者暗访发现，这类导师穿着奇装异服，开办动辄收费几万元甚至十几万元的培训班，说着一些佶屈聱牙的"大词"，女德、养生、星座都往里边塞，谆谆教导学员，"跟着导师就能接受宇宙能量，家庭、事业会一帆风顺""不吃药，不打针，病就能好"。

私人调音师。据中新社报道，近段时间，一些在线"声音变现"培训成了引诱消费者报名的香饽饽。"靠声音轻松月入过万""躺着也能赚钱的工作"，这样的广告，谁不动心？那么，如何得到这样诱人的收入与工作呢？掏钱参加声音培训嘛。"99元拥有你的私人调音师"！广告把接受私人调音师培训的前景描绘得"遍地是黄金"：视频、音频平台渗透率高，在线音视频用户群体不断扩大，催生了大量主播、有声书朗读者、配音员等职业需求。

美牙师。美牙师向客户推荐"6D纳米美牙""纳米冰瓷牙""3D树脂贴面"等名称花哨的美牙项目，而且信誓旦旦地表示："我们属于牙科美容，不伤害原牙，不涉及医疗。"

"心灵成长"导师有可能"接受宇宙能量"。这倒不是他的德行感天动地，而是因为他干的是骗财骗色的勾当，应遭天打雷霹！

把钱给了私人调音师，发财只能是黄粱美梦。因为要"靠声音"赚钱，须有天生的嗓音条件和长期专业训练，在线课程顶多讲点皮毛技巧；配音演员只在幕后，不可能如前台明星一样拿高薪；有声书朗读涉及版权，没有大流量支撑，很少有人愿意带着"素人"玩。至于调音师，工作是为钢琴校音，或者调节音响，而不是为人之师。

找美牙师美化牙齿，无异于自残。美牙师不是医师，工作地点不是医院，而是美容店、美甲店、纹绣店之类的场所。专家指出，涉及牙齿的操作都会对牙、牙周组织、口腔颌面部、颞下颌关节甚至全身各系统的结构和功能造成关联影响，这属于医学的范畴，应该由有资质的专业医师、在专业的医疗机构里进行，才能够保障人体的健康和安全，美牙师这个职业的存在本身就不符合医学要求。美牙一旦留下后遗症，多数是不可逆的。

"心灵成长"导师类似于巫婆神汉，调音师被移花接木当了老师，美牙师本身就是反医学的……

谁能说清当下师名之下有多少陷阱？

害人之师现在已不是偷偷摸摸悄悄地干活，而是明目张胆地大行其道，"零门槛，无学历要求，十天包拿证"的廉价速成培训，充斥线上线下，其实就是骗子招兵买马的大旗。这类培训所发之证，名称千奇百怪，并不是国家所承认的正规职业资格证书。

师，在甲骨文中是军队编制单位，后引申为众人，再变为官名，专指掌教民之事的官职名称，又引指教师，做动词时又是学习的意思。看来，师，自古就是不可小觑的力量。

师还有导向的作用。社会上若谁都可自称为师，散布愚昧，压制科学，谋财害命，岂不乱套？正常的社会管理，应保护正当职业从业者，打击非法牟利者。如今，自称为师者公然以非法获利之手段为业，且繁衍徒子徒孙，此害不除，任其泛滥，日后之祸烈矣！

韩愈因"师道之不传也久矣"而作《师说》，促神圣师道之赓续。

光洲因当下师名之混乱而写《说师》，不知能否触动有关部门整顿，把那些害世之师铁帚扫而光？

（2021年9月17日）

王婆心理学

对于被捕食者而言,捕食者就是天敌,唯恐避之而不及,鲜见乐于被捕食。然而,有一种直立行走的高级灵长类哺乳动物,却"甘于被围猎"。此物学名曰腐败分子,俗称贪官。

贪官受贿,古亦有之,但是,"甘于被围猎"的表述,却见于当代。这一方面是当今抱这种心态的贪官,已有一定的规模,物以类聚,合并同类项后,现象背后的规律显现了出来;另一方面也是随着反腐败斗争的深入,反腐败研究及时跟进,遂有此新理论总结。

按常理,"被围猎",死亡的危险迫在眉睫,"被围猎"对象应惊恐逃避才是,焉有面对"被围猎"而"甘于"之理?

光洲虽苦思冥想,仍不知"甘于被围猎"之味。然而,近来又读《水浒传》,在第二十四回《王婆贪贿说风情 郓哥不忿闹茶肆》中,无意间竟发现了"甘于被围猎"的深层次原因。

西门庆垂涎潘金莲的美色,苦于无处下口,就请教拉皮条的老手王婆。王婆吊足了西门庆的胃口后,提出由西门庆出钱买绸缎,王婆请潘金莲到家里来做寿衣,分十步试探那雌儿的心理,西门庆伺机而动。施耐庵文笔老辣,此段文字看似波澜不惊,却暗藏急湍险流。篇幅所限,就从第四步引述吧:

"到第三日晌午前后,你整整齐齐打扮了来,咳嗽为号。你便在门前说道:'怎地连日不见王干娘?'我便出来,请你入房里来。若是他见你入来,便起身跑了归去,难道我拖住他?此事便休了。他若见你入来,不动身时,这光便有四分了。坐下时,便对雌儿说道:'这个便是与我衣料的施主官人。亏煞他!'我夸大官人许多好处,你便卖弄他的针线。若是他不来兜揽应答,此事便休了。他若口里应答说话时,这光便有五分了。我却说道:'难得这个娘子与我作成出手做。亏煞你两个施主：一个出钱的，一个出力的。不是老身路歧相央，难得这个娘子在这里，官人好做个主人，替老身与娘子浇手．'你便取出银子来央我买。若是他抽身便走时，不成扯住他？此事便休了。他若是不动身时，事务易成，这光便有六分了。我却拿了银子，临出门对他道：'有劳娘子相待大官人坐一坐．'他若也起身走了家去时，我也难道阻当他？此事便休了。若是他不起身走动时，此事又好了，这光便有七分了。等我买得东西来，摆在桌子上，我便道：'娘子且收拾生活，吃一杯儿酒，难得这位官人坏钞．'他若不肯和你同桌吃时，走了回去，此事便休了。若是他只口里说要去，却不动身时，此事又好了，这光便有八分了。待他吃的酒浓时，正说得入港，我便推道没了酒，再叫你买，你便又央我去买。我只做去买酒，把门拽上，关你和他两个在里面。他若焦躁，跑了归去，此事便休了。他若由我拽上门，不焦躁时，这光便有九分了。只欠一分光了便完就。……这一分倒难。——大官人，你在房里，著几句甜净的话儿，说将人去。你却不可躁暴，便去动手动脚；打搅了事，那时我不管你。先假做把袖子在桌上拂落一双箸去，你只做去地下拾箸，将手去他脚上捏一捏，他若闹将起来，我自来搭救，此事也便休了，再也难得成。若是他不做声时，此是十分光了．"

王婆堪称风月场心理学大师。西门庆依其计步步为营，那雌儿虽嘴上说"免了""不用了"拒绝，却真如王婆所预料，坐着并不动身离去，任凭西门庆得寸进尺。至二人独处被西门庆借机捏敏感处，那雌儿不恼反笑："官人休要罗唣！你真个要勾搭我？"竟主动将跪在地上的西门庆"搂将起来"，云雨同欢。

面对潘金莲，西门庆起初如猎人般小心翼翼靠近，谁知那猎物平静外表之下，内心早已骚动，按捺不住要红杏出墙！列位看官！若将此情景中的人物置换，王婆是掮客、教唆犯，西门庆是以糖衣炮弹猎杀官员的行贿者，而潘金莲就是贪官。在王婆心理学的指引下，西门庆便如初次行贿者一样由浅入深进行试探，谁知作为猎物的那雌儿却喜欢西门庆的"潘驴邓小闲"！能够勾搭成奸，全赖对潘金莲心理的精准把握。

落马贪官,常怨交友不慎,似乎是个受害者。其实,苍蝇不抱没缝的蛋。王婆、西门庆是探清了潘金莲的心理才敢于围猎的。而潘金莲对此围猎,内心深处是渴望的,焉能不"甘于"?

若潘金莲面对试探有贞洁烈女的表现,西门庆焉敢妄为?围绕贪官的又岂止一个西门庆?贪官的心理防线已无信仰廉耻作支撑,其实早就给行贿者大开方便之门,所以"甘于被围猎",甚至希望西门庆们来得更猛烈些。

(2021年9月24日)

农民工您好

"农民工"这个词,从感情色彩上讲,究竟是褒义、贬义,还是中性的呢?

语言学家会说,作为一个词,"农民工"没有褒贬色彩,是中性的。

其实,对"农民工"感情色彩上的褒贬,使用者内心是清楚的,尤其是被称作农民工的人,对个中滋味,有着最真切的感受。这事不一定要听领导的,应该由农民工说了算。

近来,有人建议,"政府倡导各方媒体在宣传上,不使用'农民工'等歧视性语言,让业者有尊严"。

对此,深圳市人力资源和社会保障局于9月末答复:"对照相关法律法规、对标中央主要媒体报道,我市虽不能要求本地媒体不使用'农民工'表述,但也将结合深圳实际,引导新闻媒体多使用'来深建设者'表述,并指导督促本地媒体加大对来深建设者宣传力度。"

看来,无论是民间,还是官方,都不认为"农民工"是个敬称,提建议者认为"农民工"含有歧视性,政府部门则引导新闻媒体以另外的中性词代替"农民工"。

新词语的出现,往往反映着社会的变化。而要透彻地解释社会现象,就不得不从生产力与生产关系中找答案。所以,要辨析"农民工",我们就不得不用马克思主义的观点、方法,联系其产生的社会条件进行分析。

农民进城务工,由来已久,但是,农民进城真正形成规模,促成"农民工"一词诞生,大概是在20世纪80年代中期。党和国家工作重心转移到经济建设上以后,随着生产力的解放,城市需要大量劳动力,越来越多的农民进城务工经商,这一群体被称为"农民工"。

这次劳动力的大转移,与靠行政命令的"上山下乡"不同,是农民自谋生路自发的，也是顺应生产力发展需求的，是符合经济规律的。然而，固有的生产关系与法律法规等社会管理制度，以及人们以"国营集体正式工"为"正统"的思想观念，都没有准备好给"农民工"这支新兴的建设力量以应有的尊重。于是，"农民工"的薪酬成了问题，"农民工"的劳动保障成了问题，"农民工"的衣食住行成了问题，"农民工"的精神生活成了问题，"农民工"的子女上学成了问题……

向社会奉献着青春、汗水、智慧的"农民工"们，在相当长的一段时间内，被尚待完善的生产关系、管理制度以及陈旧观念，逼成了弱势群体，可谓忍辱负重。

"农民工"这个词，其实浓缩着马克思恩格斯经典著作中所概括的"工农差别""城乡差别""脑力劳动和体力劳动差别"。"农民工"不是一个联合词组，而是一个偏正词组。"农民"与"工"不是并列关系。"工"字之前加以"农民"二字，限定"工"的身份，说明此工人来自农村，身份是农民。至于"工"字，则说明从事的是体力劳动而非脑力劳动。

农村经济社会各方面状况落后于城市，农民受教育程度、消费能力等普遍来讲也低于市民。从事体力劳动的"工"，比脑力工作者也更辛苦。所以，"农民工"这个词确实包含着一定的歧视。但是，随着改革开放的深入，越来越多的农民离开土地进城务工经商，城乡差别、工农差别在缩小，社会越来越平等地对待不同的劳动者，"农民工"这个词的歧视色彩逐渐淡化。有人建议新闻媒体不再使用"农民工"这个词，反映出"农民工"在整个生产关系中地位的提升。

"农民工"因中国生产力的解放而产生，"农民工"群体在推动中国生产力发展的过程中不断壮大。"农民工"群体的种种之苦，皆源自制度的缺陷与社会观念的陈腐。"农民工"社会地位的提升，是闯出来的，干出来的，映射着中国社会公平公正的进步。没有"农民工"，就没有今天改革开放的成果。

新闻媒体用不用"农民工"这个词并不重要，重要的是在伟大的逐梦路上，在全面建成小康社会的今天，在奔向共同富裕的奋斗中，"农民工"已经赢得越来越多的理解与尊重，正在实现华丽的转身。

在国庆35周年群众游行队伍中，北京大学的学生们向改革开放的总设计师，发自内心地打出了"小平您好"的横幅。

在本文收尾之际，光洲敲击键盘，向改革开放的建设者，郑重地打出"'农民工'您好！"

（2021年10月8日）

不生瑜 何生亮

《三国演义》开篇的一句话就埋有周瑜悲剧的种子。这句话就是："话说天下大势，分久必合，合久必分……"周瑜至死都不明白，他输给诸葛亮，就输在对"势"的认识不清。也正是由于他无"识"而有"才"，才使得领导孙、刘联合抗曹的历史使命选择了诸葛亮，而周瑜只是在愤懑中做了些具体工作。

《三国演义》到了第五十七回，悲剧的种子有了符合逻辑的必然结果，周瑜那一声"既生瑜，何生亮"的哀叹，就是不识大"势"的愚昧。

其实，"不生瑜，何生亮"才是周瑜与诸葛亮斗争史的准确总结。

您不信？且听我说。

当年，与南下的强大曹操集团相比，南方织席贩履的刘备公司、靠祖传产业垫底的孙权家族公司只能算是小微企业。孙、刘联合抗曹或可活命，不抗曹或不联合抗曹都是死路一条。孙、刘共同出资成立联合抗曹股份公司迫在眉睫，此乃"势"也。

问题是：谁来当联合抗曹股份公司的 CEO？

做 CEO，除专业才能外，更重要的是对大"势"的认识。

诸葛亮在抗曹事业中发挥的作用大于周瑜，就是因为诸葛亮对大"势"的认识、把握、利用高于周瑜，而周瑜有"才"无"识"：

周瑜，精通业务，对孙、刘联合抗曹的必要性也有一定的认识。但是，此专业型人才一到关键时刻，对联合抗曹的大"势"认识就产生动摇，以致诸葛亮每有"草船借箭"之类对曹斗争胜利时，周瑜竟欲杀之而后快。

曹操是孙、刘两家的共同敌人。当时刘备、诸葛亮绝无灭东吴之心与力，而且，与东吴还是相互依存关系。可见周瑜分不清主要矛盾与次要矛盾，不辨敌友，虽有军事才能，抗曹事业若按照他的意志发展，岂不一败涂地？

相反，诸葛亮除了有专业知识，更难能可贵的是懂得辩证法，识大"势"。曹操南下，孙、刘两家危急，诸葛亮敏锐地意识到孙、刘与曹操的矛盾上升为主要矛盾，舌战群儒，巧谏孙权，智激周瑜，促成孙、刘抗曹统一战线。在抗曹时，不仅做了草船借箭、登坛祭风等卓有成效的具体工作，而且在周瑜屡屡挑起内讧，甚至要杀害自己时，仍以统一战线为重，坚持团结，反对分裂，始终把联合抗曹的大"势"放在首位，比不识大"势"、破坏抗曹统一战线的周瑜站得高、看得远，其作用就是团结并带领周瑜走统一战线的正确道路，让周瑜之专业才能为联合抗曹所用。

有周瑜这样有"才"无"识"的员工，就必须得有诸葛亮这样识大"势"的领导！

周瑜之有"才"无"识"，决定了他只能当战斗员，不能当指挥员；只能当千里马，不能当驾驭者。诸葛亮之有"才"有"识"，决定了他要指挥战斗员，驾驭千里马。诸葛亮之才就是发挥周瑜之才，纠正周瑜之错。周瑜就是诸葛亮的工作对象。不生瑜，何生亮？

识时务者为俊杰。哀叹"既生瑜，何生亮"的周瑜不识大"势"，英年早逝，后嗣却绵延至今，或不姓周，但有"才"无"识"的DNA却一脉相承。识大"势"，彻底搞清"不生瑜，何生亮"的道理，对他们的进步，真的很重要。

（2021年11月5日）

得理巧饶人

得理不饶人者常受诟病。对此，他往往还十分委屈：明明是自己"占理"，为什么不能使对方"服软"，也得不到周围人的同情与支持呢？

得理不饶人者，输在一个"偏"字上。再大的"理"，也需要人的理解与认同，才能转化为行动。

理若不能深入人心，如何彰显其价值？得理不饶人者只是片面强调自己"占理"，而不考虑如何让对方理解、认同、接受，一味地执拗死缠，除了催生逆反，岂可服人？

所谓"理"，或是为人处世的原则，或是分割利益蛋糕时的规则，说到底，是一种标准。林子大了，什么鸟都有。留鸟不解候鸟为什么老搬家，鸵鸟爱沙漠，鱼鹰不离水……各鸟秉承各鸟的理，怎么可能以一鸟之理而令天下之鸟整齐划一呢？

人与人产生矛盾，爆发冲突，据理力争，所据之"理"，往往是对己有利、于对方不利的标准。何不站在对方角度考虑一下呢？

"要想公道，打个颠倒。"能与对方换位思考，便不难把双方的"理"看明白、想透彻，从而在得理之时知进退、明取舍，游刃有余，最终以得理巧饶人的艺术获取双赢。

得理巧饶人，需要的是大智慧。

据说清康熙年间，文华殿大学士张英收到老家的来信，诉说与邻居为住宅边界打官司一事，希望他出面解决。按说理在张家，以张英的地位，他完全能"征服"对方。

然而，张英在信上批诗一首寄回老家："一纸书来只为墙，让他三尺又何妨。长城万里今犹在，不见当年秦始皇。"家人收信后主动让地三尺，邻居深受感动，也退后三尺，形成了一个六尺宽的巷道，遂成佳话。

张英得理巧饶人，以退为进，给对方出了道选择题：张家让步后，邻居若再强硬必陷入舆论唾骂之中；若以张家为榜样，还能罩上仁义的光环。

邻居果然在感动中进入了仁义礼让的轨道。张英得理，尚能如此审慎而巧妙地选择方法，赢得传世美名也就不足为奇了。

得理巧饶人，不是懦夫的表现。相反，只有内心强大者才会饶人，才有资格饶人。得理巧饶人时，得理者展现出的是大度之美。

得理巧饶人，不是搞阴谋诡计。阴谋诡计只会害人，岂能饶人？得理巧饶人是采取迂回策略，从而更好地、更充分地贯彻"理"。得理巧饶人时，得理者展现出的是睿智之美。

得理巧饶人，不是权宜之计，不是只顾眼前的短期行为。得理巧饶人者其实已看到了长远的发展：人在岁月的长河中，谁不需要别人的谅解与宽容呢？得理巧饶人时，得理者展现出的是仁厚的善良之美。

能容人者，才能为人所容。得理巧饶人者，人生道路越走越宽广。

在遇到不是"你死我活"的非根本性对抗矛盾时，您会得理巧饶人吗？这既是一种风度，也是一种能力与智慧，仔细想想，还真是一门学问哩！

（2021年12月17日《义乌商报》，2021年第12期《前线》，2023年第3期《杂文选刊》。）

平民百姓不可欺

俗话说，三个女人一台戏。这句话的意思是女人凑在一起，常要惹出点儿口角是非矛盾来。可是，有三个相隔千里的女人，相互间压根儿没见过面，竟分别以个人的本色演出，引起了全国亿万观众的共鸣。若把舆论对这三台戏的唾沫星子汇聚起来，没准儿能把这仨女人淹死。

第一台戏是在安徽。蚌埠一个富婆遛狗未束绳，狗突然蹿向邻居家的小女孩，小女孩受到惊吓。邻居与富婆发生争执。富婆无丝毫歉意，竟然叫嚣："敢弄我的狗，我就把你孩子弄死！老子有钱！几千万都赔得起，你没我的狗值钱！"

第二台戏是在陕西。西安一个防疫检查点前，一个女子拒不配合检查，还煞有介事地宣称："我不是平民百姓，我在美国都待七年了！"

第三台戏是在山东。平度市云山镇一女书记做所谓的群众工作时，让人带话威胁："我有一百种方法去抓他儿子！只不过我现在还不愿意用那些方法。"

这三台戏主角的仨女人形象是否"清水出芙蓉"，光洲没有近观，岂敢在列位看官面前妄言？但是，她们的台词、身段堪称"天然去雕饰"，已经把她们的德行赤裸裸地展现在众目睽睽之下，包括光洲在内的亿万国人立马被丑到了。于是，线上线下，口诛共笔伐一色，众怒与唾沫齐飞。

这三台戏，剧情不同，演技各异，何以都能赢得骂声如潮的轰动效应？

这得益于她们的真情流露与人品爆发。大叫"狗比人值钱"的，展现出的是为富不仁。以"在美国都待七年了"作为豪横资本的，展现的是自认为高人一等。传话"有一百种方法"对付别人儿子的，展现的是仗势欺人。

为富不仁，高人一等，仗势欺人，欺压的对象都是平民百姓。

面对针对包括自己在内整个阶层的污蔑与威胁，平民百姓自然不约而同地发声还击。当然，党纪国法也没饶了她们。为富不仁与自认为高人一等的俩娘们都进了拘留所，"有一百种方法抓人"的女书记正接受纪委调查。

中国平民百姓，历来不好惹！

远的不说，就说被中国人民推翻的三座大山吧，哪一座不厉害？帝国主义，封建主义，官僚资本主义的代表们，哪一个不比这仨娘们洋、阔、有权势？他们要骑在平民百姓头上作威作福，不都被平民百姓打倒，扫进历史的垃圾堆了吗？

想在当今中国凭钱、凭权或借洋势力欺负平民百姓，那一定是阴魂附了体，只能作螳臂当车的表演，因为中国的名字已叫中华人民共和国，中华人民共和国的一切权力属于人民，法律面前人人平等。任何组织或者个人都不得有超越宪法和法律的特权，一切违反宪法和法律的行为，必须予以追究，无论你是大款、大官，还是或真或假的洋鬼子。

有人会说，不是有些大款、戴乌纱帽者或在国外镀了金的恶龟在多吃多占、侵犯平民百姓利益吗？诚然，这几类家伙的确存在，但他们是极少数，一小撮，是社会舆论谴责的对象，是法律制裁的对象。

中国是一个人民当家做主的国家。个人尊严与各项权益都受保护。如果非要欺负平民百姓，社会舆论会把你钉在道德的耻辱柱上，法律也会让你付出应有的代价。

一滴水如何能不干涸？融入大海中！

无论是富商、官员，还是留学的知识分子，其实也都是劳动者，从内心把自己当成平民百姓，少不了你什么，反而会活得更自如，更从容。

（2022年1月7日）

留下来过年好

吃罢腊八饭，就把年来办。

进了农历腊月，腊八粥的香甜可能会萦绕在您心头，浓浓的乡愁，也已把您的心牵到了魂牵梦萦远方的家。

您也许正屈指数日子，盘算哪天踏上归途，回老家过年，给老人拜年，给孩子带去欢乐，给朋友展示成就，用家乡的水洗去征尘，用故乡的云包扎伤口，用团聚把离恨化作一盏浓茶，一杯老酒。

其实，在您谋划回老家过年的同时，各种病毒也没闲着。您要过好年，还真得先想办法让瘟神无可乘之机。

过年，探亲访友，团圆聚餐，逛街赶集看戏看电影，这些温馨幸福惬意的时刻，潜伏着病毒来凑热闹加戏的危险。人口流动，人员密集，正是这个家伙兴风作浪的大好时机，咱不得不防！

留在当地过年，避开旅途风险，其实是上上策之选。

您也许觉得不回老家过年破了规矩而有缺憾。其实，过年本来就有驱邪之义。据《吕氏春秋》记载，古人在新年的前一天会用击鼓的方法驱逐"疫疠之鬼（夕）"，这就是"除夕"的由来。过年驱邪，您在当地过年，不仅没有破什么老规矩，反而契合了过年古来有之的本义。

您也许觉得不回老家过年无法给老人拜年、不能与亲友团聚而有缺憾。其实，真正关心您的人，最在意的是您的健康、平安。您健康、平安的音讯，才是他们最想听到的佳音。您留下来过年，是让真正关心您的人欣慰的消息，是对他们给予您关心的最好回报，是最珍贵的致礼。大礼不辞小让。为了平安而留在当地过年，真正关心您的人都能理解，不会挑剔。

您也许觉得不回老家过年无法向亲友展示您的奋斗成果而有缺

憾。留下来过年，通过视频向亲友拜年，整个城市都为您作背景：义乌，世界小商品之都，宽阔平坦的道路，鳞次栉比的高楼，风景如画的江滨绿廊。您在义乌劳动，为义乌付出，义乌的发展包含着您的贡献。您是新义乌人，您可以自豪地在视频中说"我在义乌向您拜年"。

有多少人不知道义乌？您能在义乌立足，您就属于义乌，义乌就是您的！

您也许觉得不回老家过年会冷清、孤单而有缺憾。但好多地方出台了做好留守过年人员服务工作的一系列政策，从春节慰问、暖心留人发放"留岗红包""过年礼包""普惠消费券""定向消费券"，倡导房东减免半月以上租金或免费延长半月以上租期，到安排景区免门票开放，停车场、公共文体场馆及设施免费开放，再到为小神兽们举办"暖义融融"免费冬令营活动等，已把留下来过年人员的方方面面考虑得很周全、很细致。

留下来过年，既有政策的引导，也是大多数城市新人的选择。

留下来过年，是对自己负责，是对家人负责，是对社会负责，是对移风易俗的响应与支持。

留下来过年真的好！

（2022年1月14日）

政务 App 的境界

咱们中国人做人做事，讲究境界。

治学有境界。"昨夜西风凋碧树。独上高楼，望尽天涯路""衣带渐宽终不悔，为伊消得人憔悴""众里寻他千百度，蓦然回首，那人却在，灯火阑珊处"。这是国学大师王国维集古人词句，形象地描绘出做学问的三重境界：为确立目标而求索，为达到目标而执着，下足功夫后水到渠成。这三重境界，是治学由浅入深、由低到高的三个阶段。

廉政有境界。不敢腐，不能腐，不想腐，一体推进，不仅是反腐败斗争的基本方针，也是新时代全面从严治党的重要方面。

于官员个人而言，不敢腐，不能腐，不想腐，也是三重境界。不敢腐，是慑于法纪的威严，心生恐惧而不腐；不能腐，是认识到手中的权力受制于法纪，无法滥用而不腐；不想腐，是志存高远，以廉洁为荣，以贪腐为耻而不腐。

不敢腐，不能腐，于官员个人廉洁修养而言，是被动的，然而，认识到不能腐，已比不敢腐多了分理性。不想腐，已是廉洁的自觉，比起不敢腐、不能腐，已有了本质的飞跃。

面向大众的政务 App，也有境界高低之分。

有的政务 App，群众不愿意关注。因为这类 App 所发表的内容，只是为其所在地区或部门的领导歌功颂德，树碑立传，与普通百姓的生活八竿子打不着；所用的语言也是官腔十足，下定决心不讲人话。这样的 App，百姓看它做甚？只能是谁写谁看，写谁谁看，自然没有群众基础。

有的政务 App，群众不敢不关注。与极少有人关注的政务 App 一样，这类 App 的内容同样是为官员个人歌功颂德、树碑立传，语气同样是官腔十足。但是其粉丝成千上万甚至更多，哪怕是放个屁，也有海量的点赞、转发、评论、喝彩。奥妙何在？原来是此类App的主人强迫大家关注，命令大家点赞、转发、评论、喝彩。敢有不从，土政策伺候！罚你！治你！这类App让人不敢不从，还得强作欢颜。

有的政务App，群众很喜欢关注。前不久，何先生在"深圳卫健委"App评论区留言，称妻子待产，急等着住院，需要检测证明。做过检测已12个小时了，可是，还没出结果。仅6分钟，"深圳卫健委"App就回复："电话发我。"在得到何先生回复的电话号码及孕妇相关信息后，"深圳卫健委"App工作人员马上通知医院联系何先生，并协调检测机构审核出具报告，使得孕妇及时住院。

何先生说："发这条评论的时候只是想快一点拿到检测结果，没想到刚留言就回复了，要给'深小卫'（微信公众号'深圳卫健委'自称'深小卫'）点赞。我也是每期必看的'老粉'。"他打趣说，希望宝宝看在这么多人的关心下坚强健康地留下来，以后长大也去"深小卫"当小编。

时刻关注着群众的疾苦，做群众需要的及时雨，像"深圳卫健委"这样的政务App，群众怎能不主动关注？怎会不打心眼里喜欢？

群众不愿意关注的政务App，是因为其没有关注群众的需求。群众不敢不关注的政务App，是因为其强迫命令尚在群众能忍受的限度内。群众喜欢关注的政务App，是因为其关心群众冷暖，说民间实话，解百姓忧愁。

把政务App做得让群众不愿意关注，不敢不关注，很喜欢关注，其实也反映出了三种不同的施政境界。漠视群众者劣，欺压群众者恶。唯有全心全意为人民服务者善。三种境界，高低不同，人心向背迥异。

（2022年1月30日）

谣言预言辨

假作真时真亦假。谣言和预言,有时真就这么难辨。

说狐狸会讲人话,谁能信呢?狐狸宣称将被杀头的迁徙之徒能称王,这不更是荒诞吗?

九五至尊的秦二世,岂能相信这个谣言?他坚信的是他老爹的预言,皇权代代相传,无穷尽焉。权倾朝野、寄生于皇权的赵高们,当然也会斥这些来自乡野的声音为谣言。

然而,一语成谶。吴广在大泽乡学狐狸叫"大楚兴,陈胜王",凄厉的叫声如一豆忽忽闪闪的灯火,顽强地刺破了大秦帝国的夜幕。"今亡亦死,举大计亦死"的戍卒们把这句谣言当作救命的神咒,揭竿而起,风起云涌的秦末农民起义就此拉开序幕。谣言竟成了预言。

没有生命与思维的石头,岂知人间冷暖是非祸福?刻了一只眼、两行字的石头竟能预言朝代更迭、江山易主,这岂不是谣言?

统治中原已历五世的元顺帝及残暴的蒙古权贵们,当然认为这是谣言。他们相信的是祖上的预言和建立的制度:人分四等,蒙古人最高贵,南人最低贱。至于南人弄出的独眼石头人能讲人话,那就更是谣言了。

然而,现实很打脸。韩山童、刘福通暗地里刻了一个独眼石人,埋到黄河河道内。石人后背刻有字:"莫道石人一只眼,此物一出天下反。"元朝强征15万民工修挖黄河,挖出了石人。"天下反"的舆论不胫而走,农民起义如火如荼,最终埋葬了元朝。谣言又成了改朝换代的预言。

污蔑预言为谣言,并不只是中国反动统治阶级的专利,也是外国教皇及一切反动势力的拿手好戏。乔尔丹诺·布鲁诺反对教会所宣扬的地心说,被教会宣布为异端,将其烧死在罗马鲜花广场。共产主义理论一登场,就公开宣布用暴力摧毁资产阶级的统治,资产阶级当然就把共产主义当作洪水猛兽，指责其为可怕的幽灵。"为了对这个幽灵进行神圣的围剿，旧欧洲的一切势力，教皇和沙皇、梅特涅和基佐、法国的激进派和德国的警察，都联合起来了。"(《共产党宣言》)

实践已经证明，乔尔丹诺·布鲁诺不仅不是所谓的异端，反而是人类冲破教会愚昧禁锢走向浩瀚宇宙的伟大思想先驱。共产主义不仅不是可怕的幽灵，反而是造福人类的思想理论武器与崇高理想。杀害乔尔丹诺·布鲁诺的教会、污蔑共产主义的反动势力被真理的预言吓得发抖，他们在造谣。

真理与正义，在没有被多数人掌握时力量是弱小的，总是被谬误与邪恶欺负。反动统治阶级总是要装神弄鬼制造谣言欺骗百姓，以巩固其统治。而反映人类正当诉求、代表社会进步方向的预言，则被他们千方百计地诋毁为谣言。

迫于敌强我弱的局势，又囿于大众的认知能力，预言有时不得不披上一件外衣，如吴广之学狐狸叫，如韩山童、刘福通预埋石人，以大众易于理解和接受的方式出现。这就又让反动统治阶级找到了便于攻击的软肋，诬蔑预言为谣言时就更得心应手了。

什么是谣言，什么是预言，不能只看一时话语权在谁手里，也不能只看其外在包装形式，更不能凭谁暂时胳膊粗谁就有理，得去伪存真看本质，得在社会进程中看发展，得用实践去检验，用事实来说话。

当然，要分清谣言与预言，也不能只当事后诸葛亮，要善于从历史现象中发现规律，这是个真功夫。

（2022年2月16日）

病中随想

人吃五谷杂粮，谁能不生病呢？然而，同样的病痛，落在不同人的身上，反应就大不相同。就说肚疼吧。一千多年前，张旭肚疼，挥笔成就《肚痛帖》，率性而为，狂放不羁，耸起书法千古巅峰。而今如我之凡夫俗子，虽也"忽肚痛不可堪"，但即便疼得灵魂出窍，也抹不出一笔"神虬出霄汉，夏云出嵩华"的气势——肚子不痛不痒尚写不出能让自己满意的字，遑论胆结石作祟，疼得站不稳、直不起腰时。

我对肚疼的表达，虽然不能和浑身艺术细胞者相提并论，但是，在痛不欲生之际，在被施用麻药恍惚之间，在抚今追昔之时，于呻吟中亦不免长吁短叹浮想联翩。胆囊最终切除了。此痛已随结石去，肝肠唯余胆管连。

补记病中的一些想法，亦为人生修行的得与失吧。

人人有望成大圣

《西游记》总能给人以启迪。孙大圣挥动金箍棒，大闹幽冥界，一笔勾销生死簿，从此不受死亡威胁。此种潇洒，是多少人的梦想啊！然而，这个梦想似乎遥不可及。无常总以疾病为枷锁把人掳去，留给人间无尽的悲伤。

天花、肺结核、疟疾……包括胆结石，不都曾经是无常索命的枷锁吗？然而，人类用智慧，靠科学，把一个个枷锁砸碎，在与疾病的斗争中不断取得胜利，平均寿命不断延长。胆囊结石让人疼痛难忍。然而，研究表明，胆囊只有贮存胆汁的作用，本身并不分泌胆汁。除去胆囊，对人体健康并无长期影响。我此番摘除胆囊，进行的是微创手术，以极小的创伤与暂时的不适，彻底解除胆结石带来的痛苦与威胁，也等于干净利落地勾掉了生死簿上强加给我的一笔冤枉债——当然，我手中没有金箍棒，靠的是现代科技和医生的精心施治。改革闯将任仲夷摘除胆囊后笑谈，"因为无胆，所以浑身是胆"。咱属猴，鬼门关前走一遭，无意间也当了回大圣，现在更仰慕任公风范。

眼下病毒在作乱。从历史经验与规律看，人类必将战胜病毒，并在胜利中变得更加健康。科学，将使人类生命力如大圣般强大，这个理想不是梦！

本色做人最轻松

此次住院手术，医护人员服务很专业。他们告诉我，有了疼痛等不适要及时说，千万不可忍着不吭。这与某些要以顽强意志与疾病进行坚决斗争的说教完全不同。

从医院发给的资料上得知，疼痛是大脑的一种自我保护提示。很多时候，身体的一些部位出现疼痛时，人们往往会认为是身体器官哪里出现疾病，心里会出现担忧或恐惧感。"术后疼痛是指手术后即可发生的疼痛，是一种主观的、十分不愉快的感觉，可使你产生焦虑、恐惧的情绪，由此可能会影响你对治疗的配合，甚至影响到手术的效果。"

看来，有了疼痛等不适就及时告诉医生，是有科学依据的；而强忍不吭，是不利于治疗的。这与人的品质、意志并无关系。

本人海拔欠缺，但宽度、厚度有余，物理质量较大，手术时施用的麻药自然较多。手术后，药力减退，护士关切地问我感受，我直截了当地说："不好！想吐！"

药力消失后，我毫不掩饰地喊："疼！"

直率真实的表达，使我得到了及时的医护。

现实中，如无职务的特殊要求或紧急情形造成的不得已，还是疼就说疼、痒就说痒，本色做人好。如果你遭受了欺负，有人却要求你大度；你受到了剥削，有人却要求你奉献；你有了疾病，有人却要求你忍耐，你一定要留心他是否戴着面具，他是否会在你的大度、奉献、忍耐中牟利。无人之本色者，狡黠；或以道德之捧，或以暴力之压夺他人做人本色者，凶恶。

本色做人，符合天性，最轻松，最有利于健康。

人有家庭才是宝

此次是我第二次住医院。第一次住院是我出生，我全无记忆。胆囊切除后我躺在病床上，大概是麻醉所致吧，我忽然又想到了父母。我儿时得湿疹、咳嗽，母亲寻来偏方，给我擦洗、喂药的情景历历在目。我刚识字时，父亲带我到医院看病，对着医院影壁墙上的字问我这字写得好不好？我并不全认得，就说"不好！太潦草了"。

父亲告诉我，这两行字是"救死扶伤，实行革命的人道主义"，是草书，字很有功夫。"啥是人道主义呢？"儿时，父亲是我心中无所不能、无所不知的英雄、圣人，有了"为啥"，我就问他。

"人道主义呀……"他停了停对我说，"就是一个人快死了，你不必问他的阶级出身，先把他救活再说，因为人的生命最宝贵，人要救人……"

母亲的照顾使我有了健康的身体，父亲的教育使我有了思想与原则。肤发受自父母，岂敢毁伤？母亲若知道我做手术，不知又要怎样担心。父亲若知道我做手术，会不会鼓励我，给我勇气？二老呀，你们曾把我泡在父爱母爱的蜜罐中。养育之恩，阴阳相隔，我无以为报呀！

妻子从外地赶来照顾我。她吃力地搬动我沉重的身体，不再像平日里抱怨我的肥胖。

结婚20多年来，离多聚少，她养大了孩子，帮我送走了老人。看着她为我忙碌的身影，我明白，她的到来，才是我敢于躺下进行手术的真正保障。

躺在病床上，想想自己的家，有愧疚也有温暖。

邓公曰：家庭是个好东西。信哉此言！

（2022年2月25日）

勿信"张仪式承诺"

有时候,国家间的博弈无道德可言。张仪就是以其言而无信的忽悠把楚国推向灾难深渊的。站在楚国的立场看,他无耻透顶。可是,从他所效力的秦国利益考量,他又建立了不世之功。

"秦欲伐齐,齐楚从亲。"楚国与齐国的强强联手让秦国忌惮。于是,秦国的超一流忽悠高手、纵横家张仪闪亮登场,出使楚国,书写了人类外交史上经典的忽悠篇章。

张仪以三寸不烂之舌为楚怀王画了一张美味大饼:"大王诚能听臣,闭关绝约于齐,臣请献商於之地六百里,使秦女得为大王箕帚之妾,秦楚娶妇嫁女,长为兄弟之国。此北弱齐而西益秦也,计无便此者。"

这张大饼并没有端到楚怀王面前,只是张仪的口头承诺。然而,鼠目寸光的楚怀王垂涎三尺,听信了张仪的承诺,"悦而许之",立即与齐国断交,给张仪授相印,赏财物,派人随其回秦国,就等着张仪兑现所承诺的商於之地六百里了。

演戏是职业外交家的基本功。回到秦国的张仪佯装从车上跌落,三个月没上班。心急火燎等着张仪兑现承诺的楚怀王发挥起了想象力:"张仪是嫌我和齐国绝交得不彻底吧?"于是,专门派人上门辱骂齐国。齐王被彻底激怒了,转而与秦国交好。

至此,合纵的最中坚力量齐楚联盟被撕裂,秦国的连横战略可以发力了。大忽悠张仪上班了,告诉楚国使者,我个人有六里封地,就送给你家楚王吧。楚使者曰:"臣受令于王,以商於之地六百里,不闻六里。"还等着张大忽悠兑现承诺哩。张大忽悠表示:没空搭理你!

相信外交承诺的楚怀王再出昏招儿,走出了一步暴露智力的臭棋:

发兵攻打秦国。秦国乐开了花,连横战略显神威,与齐联手把楚揍得鼻青脸肿,楚不得不向秦割地求和。

轻信张仪承诺,楚厄运之始也!

楚怀王为什么会上张仪的当呢?

没有战略定力!

楚怀王对楚国的前途没有长远的规划,没有既定的正确的基本方针与道路,奉行的是有便宜就占的机会主义。目光短浅,利欲熏心,利令智昏,不以实力作根本保障而轻信红嘴白牙的外交承诺,焉能不上当受骗?

作为一种外交手段,张仪式承诺一再被复制。但是,当局者迷,上当受骗者络绎不绝。

当年,英国、法国当权者胁迫捷克把苏台德地区割让给德国。英国首相张伯伦和法国总理达拉第都相信希特勒的承诺:"德国在苏台德问题解决后,在其他地区再也不存在任何领土要求了。"在助纣为虐帮纳粹德国签订了《慕尼黑协定》之后,一些法国人高呼"和平"迎接达拉第。张伯伦挥舞着由他起草、希特勒信手签名的"和平宣言"纸条,在唐宁街10号的阳台上,向欢呼的人群宣称:"我带来了一代人的和平!"

然而,希特勒随即把欧洲推进了战争的火坑,法国被占领,英国遭到狂轰滥炸。相信希特勒承诺的张伯伦、达拉第,成了历史的笑柄。

如果没有力量使对方履行条约,签约的意义就不大。因为张仪式承诺,本来就没打算兑现。国与国博弈,双方胳膊粗细差不多时可以讲理。力量悬殊,无理可讲。

张仪式承诺是陷阱,不是馅饼。

(2022年3月4日)

石壕吏的一封信

陈天赏：

您好！

近闻你在河间市卧佛堂镇西洼放羊时，遇到一支村干部带领的巡逻队，他们以给你的羊做检测为名，抢走了你的羊。对你的遭遇，我深表同情。对抢羊的行径，我予以强烈谴责。

你也许感到奇怪，你我并不相识，我为何同情你？若我和你一样，也是无权无势的普通人，谴责又有什么用？

告诉你，我来自大唐，诗圣杜甫给我起了个名字叫石壕吏。你去问问抢你羊的那帮家伙，他们害怕不害怕来自另一个世界的愤怒？

你也许认为，我也曾欺压百姓，与抢你羊的村干部是一丘之貉，怎么可能站在被压迫者的立场上反对压迫者呢？

的确，自杜甫写《石壕吏》后，我作为酷吏的代表，已被牢牢钉在了历史的耻辱柱上。但是，看到这个村官抢羊，我觉得自己的恶行尚不及他们之九牛一毛。把我和这群人归为一类，混为一谈，是对我的侮辱！

我执行的是公务，而村官抢羊的行为属于招摇撞骗。

唐肃宗乾元二年（759）春，安史之乱的第四年，郭子仪等九大节度使率60万大军把安禄山的儿子安庆绪包围在邺城，由于缺乏统一指挥，反而被史思明带领的叛军援兵打得落花流水。战事吃紧，朝廷不得不在洛阳至潼关一带强行抓人补充兵力。我作为地方小吏，自然也要投入这项压倒一切的中心工作中。到百姓家征兵拉夫，是落实朝廷的部署，是履行工作职责。我办的是官差，执行的是公务。至于强制征兵，是朝廷在战时不得已采取的非常措施。

而村官一伙人抢你羊时，开的是假冒的警车，穿的是假冒的警服，让你误认为他们是警察，抢你的羊，你也不敢反抗。其实，没有任何人给他们下达抢羊的任务，他们岂可与我执行公务相提并论！

我为朝廷卖命死心塌地，而抢羊村官毫无忠诚可言。

杜甫诗中真实地记录了我勤勤恳恳兢兢业业的工作态度。叛军如狼似虎，前线吃紧，生灵涂炭。在大唐生死存亡之际，我深夜加班，进村入户，坚持原则，撕破脸皮，不讲情面，努力为前线多增添一份力量。我对朝廷忠心耿耿，对工作恪尽职守，对得起自己的职务和薪水！

而抢羊村官，作为民选和上级任命的村干部，对得起群众的信任和上级的培养吗？毫无感恩之心，不干造福百姓、报答上级之事，却作欺压百姓、抹黑上级之恶，有何忠诚可言？

我的错误是方式方法问题，而抢羊村官是存心作恶。

我到农户家征兵时说话难听，态度生硬，杜甫在诗中以"吏呼一何怒"予以了描绘。我已深深地认识到了自己的错误。但是，我的错误与村官抢羊有着本质的不同。我工作中简单粗暴，目的还是征兵打击叛军，保大唐江山永固，护百姓长久平安。我主观目的是好的，出发点、落脚点是正确的，对百姓的征兵要求也是有依据的。

在工作中，我没图任何私利，没有抢掠百姓财物，知道孩儿他娘"出入无完裙"，我也给予体谅与尊重，并没有强行入室。至于话难听、脸难看，确实不对，但这属于方式方法的问题。

而抢羊村官，冒充警察，以防疫之名，行欺民害民之实，丧尽天良，趁火打劫，其性质已不是话难听、脸难看的方式方法问题了！《中华人民共和国刑法》第二百七十九条规定，冒充国家机关工作人员招摇撞骗的，处有期徒刑、拘役、管制或者剥夺政治权利；冒充警察招摇撞骗的，从重处罚。我工作态度不好应该批评，而对抢羊村官应当法办！

一个一千多年前的小吏，怎么可能熟知当今的法律？你是不是又对我的身份有了怀疑？

自杜甫把我写进作品中，我的恶名始终没有被人遗忘。骂声不绝于耳，我不得瞑目。在历史的耻辱柱上，我在骂声中亲历着语言和制度的演变。所以，我能用现代汉语写信，能引用当代法律进行论理。

千年等一回呀，我终于等到一个比我还恶的酷吏！

长江后浪推前浪，他足以把我拍在沙滩上！

现在应该让他来接替我的位子。当年杜甫把我钉在耻辱柱上，用的是文字。现在要让这厮上耻辱柱，还得用作品。你能否找一位作家，以写鬼写妖、刺贪刺虐入骨三分之笔，把这厮钉在耻辱柱上呢？

拜托了！

祝

遂顺安吉！

石壕吏
2022 年 3 月 24 日

（2022 年 3 月 25 日）

谁是文明之大害

人类的文明进程,其实是一部斗争史。由于所追求的文明不同,人与人之间便有斗争。和与天斗、与地斗相比,人与人斗的难度系数最高,代价也最大。

据埃德加·斯诺的《西行漫记》记载,蒋介石就曾把红军将领徐海东称为"文明一大害"。当过窑工的徐海东与他所在的红军,代表的是最广大劳动人民的利益,追求的文明是没有剥削、没有压迫的人民当家作主的平等社会制度。而蒋介石代表的是大地主、大资产阶级的利益。两种文明水火不相容。

不同文明追求造成的对抗不仅爆发在革命年代,在改革开放的和平时期也同样存在。澎湃新闻近日的报道,就提供了这方面鲜活的例证:

2020年11月20日,新华社公布的《中央文明委关于复查确认继续保留荣誉称号的往届全国文明城市名单》中,石家庄市尚且在列。然而,一个月之后,2020年12月21日,河北省纪委监委发布消息:石家庄市委副书记、市长邓某涉嫌严重违纪违法,目前正接受河北省纪委监委纪律审查和监察调查。石家庄的"全国文明城市"称号随着市长任内落马,被"一票否决"。

2020年9月2日,邯郸市委书记高某涉嫌严重违纪违法,接受省纪委监委纪律审查和监察调查,邯郸市被"一票否决",落选"全国文明城市"。

2017年,虞某、栾某作为兰州市委、市政府曾经的主要负责人,他们的先后落马,致使2017年9月兰州市被"一票否决",取消了第五届"全国文明城市"参评资格。

"全国文明城市"有一项必备的硬条件:申报前12个月内市委、

市政府主要领导无严重违纪、违法犯罪。

石家庄、邯郸、兰州市人民群众为文明创建所付出的汗水与心血，就这样被腐败分子给糟蹋了！

更令人不可思议的是，他们竟高居文明创建的领导地位，作指示、发号令：

邓某强调，各级各部门要对照全国文明城市测评各项指标、各项要求，进行认真梳理，仔仔细细、认认真真地实地察看每一项指标是否达到了要求，细化到每一个单位、每一个小区、每一条街道、每一个角落、每一个建筑、每一个人，让文明城市创建无所不在。（2017年6月3日新华网）

高某强调，要突出工作重点，下大力抓好老旧小区改造提升、交通秩序整顿、道路整修、公共场所秩序维护、学校周边综合整治、志愿服务开展等重点难点工作，以实实在在的工作成效取信于民，让广大群众充分享受文明城市创建成果。（2017年9月14日河北新闻网）

虞某强调，确保各项创建迎检任务落到实处……对那些没有认真履行职责而导致丢分的，都要追究责任。（2014年12月15日中国文明网）

栾某强调，要充分点燃市民内心的文明自觉，不断提升思想觉悟和认知水平，让每一个人都成为文明的创建者、守护者。（2017年7月4日中国青年网）

事实证明，他们在欺骗人民！他们强调让文明创建细化到每一个人，而他们却不把自己包括在内；他们强调让广大群众充分享受文明城市创建成果，而他们却是文明成果的破坏者；他们强调要追责文明创建丢分者，而他们却是造成文明创建一锅好汤丢分最多的那粒老鼠屎；他们强调让每一个人都成为文明的创建者、守护者，而他们实际上是打入人民群众文明创建大军中的第五纵队！

人民群众的文明创建是以社会主义核心价值观为理念，不断创造更加幸福的生活；邓某等的文明追求却是危害国家利益、侵吞民脂民膏的寄生虫、吸血鬼生活。让这帮宵小领导人民追求文明，荒唐，危险！他们对文明创建的危害，远大于无处摆摊的流动商贩和住房紧张的违建户，是真正的"文明一大害"。

先进的文明必将战胜腐朽的文明。先烈们埋葬了剥削制度，建立了新中国；2022年3月，依靠人民，石家庄、邯郸恢复了"全国文明城市"称号；2020年11月，兰州市获评第六届"全国文明城市"。

人民追求文明的脚步不可阻挡。阻碍人民文明进步之大害者，必将被人民一脚踢开。

（2022年4月8日）

救难与包庇

唐僧西天取经，历九九八十一难，遇妖怪无数。有些妖怪功夫深，招数多，非神仙、菩萨和佛出手相救，唐僧必成盘中餐、腹中食。但是，若据此对神仙、菩萨和佛感恩戴德，那就比认贼作父还愚蠢。

有好事者统计，《西游记》中，有天庭背景和灵山背景的妖怪团伙各有7个，其中天庭背景团伙首领大妖怪8个，灵山背景团伙首领大妖怪9个。

没有区别就没有政策。神仙、菩萨和佛在处理妖怪时，严格按照出身和作恶能力进行，界限精准，导向分明：

对于有天庭和灵山背景的大妖怪，本着"惩前毖后，治病救妖"的原则，不一棍子打死，而是批评教育，保留待遇，以观后效。

对于虽无天庭和灵山背景，但是为非作歹本领高强的野妖怪，本着"用妖之所长"的原则，招安收编。

对于既无背景后台，又无出奇作恶能耐的妖怪，本着"除恶务尽"的原则，放权任由孙悟空师兄弟们打杀，统统不予过问。

妖怪，无论是原来在上界有编制的，还是无编制的勤杂人员，或与某位大神沾亲带故，甚至仅仅是坐骑、宠物，只要能与天庭或灵山能扯上点关系，下界成妖后，无论罪孽如何深重，论罪处罚时，神仙、菩萨和佛最终会以慈悲为怀，声色俱厉呵斥后，往往将其从孙猴子金箍棒下救下，令其回上界边工作边反省，绝不会依"杀人偿命、欠债还钱"的公理让他付出应有的代价。

黄袍怪奎木狼本是二十八星宿之一，是正儿八经的天庭干部。在《西游记》第二十八回至三十一回中，这厮擅离岗位，溜到人间宝象国,霸占公主,生啖宫女,作恶无数。然而,这厮被降服之后,玉帝只是暂时贬他去兜率宫与太上老君烧火,且言明"带俸差操",待遇丝毫不受影响。到六十五回,这厮已官复原职,与孙猴子及众神大战小雷音寺的黄眉大王,俨然成了正义的力量。而黄眉大王,原来是弥勒的司磬童子。孙猴子要取这厮性命时,弥勒急忙护犊子:"孙悟空,看我面上,饶他命罢。"

金毛白鼻老鼠精仗着干爹托塔李天王的势力,色胆包天,竟欲强行与唐僧交欢求阳,被捉拿后,沙僧、八戒要求碎剐,李天王却以"他是奉玉旨拿的,轻易不得。我们还要回旨哩"为由,将其保护下来。

九头狮原本是太乙天尊的坐骑,下界为妖,聚喽啰,劫财色,害性命,无法无天。案发,太乙天尊仍给这畜牲以信任,将其带回妙岩宫。

灵感大王是观音菩萨养的金鱼。这厮以施雨相诱,以降灾相逼,迫使百姓上供童男童女。孙猴子向观音菩萨告状,观音菩萨也只是用竹篮将其召回,未伤分毫。

对于作恶技艺高、能力强的妖怪,上界皆关爱有加。黑熊精、红孩儿和牛魔王,分别被观音菩萨和李天王收编,成了"自己人"。

人们供奉神仙、菩萨和佛,一个重要原因是企望自己在遭受妖魔鬼怪危害时,他们能够救苦救难。然而,《西游记》中的神仙、菩萨和佛总是要在孙猴子上访后,纸里包不住火的时候,才肯出手擒妖,而且态度暧昧,消除唐僧性命之忧的同时,又每每包庇已被缉拿归案的妖怪,原因何在?

若妖怪被彻底消灭,谁还会再求神仙、菩萨和佛呢?降妖,能让世人上供;留妖,能让世人经常上供。招收有作恶创新能力的妖怪,能让世人上供创新之所求永远在路上。

《西游记》中神仙、菩萨和佛的主要工作,就是统筹救难和包庇。救难是为了诱人上供;包庇是为了以妖逼人上供。离了人和妖,神仙、菩萨和佛都活不好,他们把人和妖都玩了。他们是各方人的希望,各路妖的后台,是种种难的根源。

从来就没有什么救世主。但愿救难的神仙、菩萨和佛,只活在《西游记》神话中。

(2022年5月20日《义乌商报》,2022年7月29《讽刺与幽默》。)

革除企业制度式侵权

日前，西安一家不知名的公司打出一则招聘启事，引起广泛关注。是该公司尊重员工，小资白领趋之若鹜吗？非也。

是该公司事业神圣，卧龙凤雏甘愿俯首听令鞠躬尽瘁死而后已吗？否！

奇文共欣赏。为避贪污他人智力成果之嫌，将其招聘启事照录如下：

> 文案策划能力强，最好是会平面设计，驾驶水平熟练，思想忠厚不能有投机心态，以挣钱为目标不是目的！什么情况下都不能做不利于公司的事，更不能起诉公司，做到的热烈欢迎，做不到的请远离点。

此启事一石激起千层浪。长城内外，大江南北，质问声、谴责声、讨伐声鼎沸。

"不能起诉公司"成为舆论焦点。这家公司未上法院被告席，先被网友拖进了道德法庭。

对此，该公司经理称，"不能起诉公司"这句话没有法律作用只有道德作用，公司在续职表上也注明了，不然你谈什么忠诚于企业呢？经理还表示，从未被员工起诉过，但是见过太多企业被员工起诉的例子，这样做是为了防止00后整顿职场。员工和企业站在不同的利益角度，说不清谁对谁错，并且现在是个网络时代，也没有那么多嘴巴去说这个事情。

网络时代，怎么会"没有那么多嘴巴去说这个事情"呢？你家启事一出，网友们奉献的唾沫星子不是已经汇成滔滔江河汹涌澎湃了吗？怎么会"说不清谁对谁错"呢？你家这种员工"不能起诉公司"

的规矩，是错误的，这不是明摆着的吗？你装什么聋，作什么哑？瞪着大眼说瞎话！

把"不能起诉公司"写进可以当作劳动合同内容的招聘启事中，是对员工权益和尊严的侵犯。

从法律上讲，员工有提起劳动争议仲裁和诉讼的权利，这项权利是法定的，是任何人不能剥夺的。员工"不能起诉公司"，与法律对员工的诉权保护相悖，违法！无效！若听任其生效，员工权益将失去根本性的法律保障，只能沦为会说话的工具！

从道德上讲，该公司作为用人单位，地位本应与劳动者平等，有什么资格霸占道德制高点，把是否起诉公司与员工人品是否忠诚挂钩？员工任由公司欺凌，不起诉，就是忠诚；员工拿起法律武器维权，就是不忠诚？这不是"君叫臣死，臣不死不忠；父叫子亡，子不亡不孝"封建道德的借尸还魂吗？带上这副道德枷锁，员工还有什么做人的尊严？

用白纸黑字的形式事先把对员工权益的侵犯程序化、规范化，把对员工尊严的践踏"正当"化，此种侵权方式，不是西安这家公司的独家专利，而是近些年来一些无良企业的共同发明创造，可将其归为制度式侵权。

制度式侵权，貌似有约在先，有据可依，实则是胁迫欺诈，契约绑架。用人单位往往利用其强势地位和员工对工作岗位的渴求，以及"和别人（其他员工）一样"的从众心理，告诉员工不同意就不能入职，同意了这些条款也不一定实施，迫使、诱使员工或员工代表签字表示自愿遵守这些制度。待员工不堪忍受时，用人单位便以员工事先同意作为侵权理由。事实是，员工的认同，并非真实意思表示，而是处于胁迫欺诈之下同意的。

制度式侵权，貌似针对员工个人，是偶发事件，实则侵害的是员工整体权益，是一种必然发生的常态。如同"不能起诉公司"的规定旨在侵犯思想活跃、法治意识强的00后们权益一样，侵权制度往往不是仅仅针对某一个人，而是侵害员工群体性的同类利益，比如，有的企业要求女员工入职后三年内不得生育，新员工入职后个人证书必须交由单位保管，所有员工对公司微信必须在三分钟内回复、转发，必须无条件服从加班……此种侵权可以随时祸害符合条件的所有员工，是常态而非偶发。

制度式侵权，貌似员工和用人单位之间的利益纠葛，实则是对法治的挑衅。作为白纸黑字的制度，为掩人耳目，其可能披件"合法"的外衣以某种冠冕堂皇的程序表决通过，但是，实质内容还是要侵犯《中华人民共和国劳动法》等法律法规赋予员工的权益的，以"土政策"代替国法的企图是掩盖不住的。

当今法治社会，岂容私法横行？司法机关、劳动执法部门对此类案件，不应只拘泥于员工个人权益的维护，而应对侵权制度作出法律评价，以从根本上否定违法土政策的效力。

子曰：苛政猛于虎。企业制度式侵权的恶疮毒瘤，应彻底革除。

（2022年7月1日《义乌商报》，2022年7月29日《上海法治报》。）

想办法与找借口

面对群众的诉求，是想解决问题的办法，还是找借口敷衍塞责？近日，有两条"想办法"与"找借口"的新闻，活灵活现地折射出了两种对待群众的态度。"想办法"的态度在群众中树起了口碑，"找借口"的态度招来了线上线下如潮的批评。

据澎湃新闻报道，广东东莞一女子求助12345热线，称当地一路口红绿灯人行道通行时间太短，年迈的母亲难以按时通过，申请人行道绿灯加时。交警调研后，将通行时间由13秒调至18秒。

时隔一天，又是澎湃新闻报道，安徽严女士的弟弟在家突发急病，全家人拨打怀远县急救中心120长达20分钟都无人接听。最后家人开车将弟弟送往医院，幸无大碍。严女士表示，院方后来致歉，说明可能是天气原因未及时接到120。怀远县人民医院负责调查的工作人员称，"初步判断可能是强对流天气引发信号故障，当时值班室医生和驾驶员在隔壁参与另一起车祸事故未听到铃声"。目前，医院正对电话线路和120接线员展开调查。

绿灯通行时间不足，不少地方的群众多有反映。以光洲与有"官"方面打交道碰壁几十年的教训，面对延长绿灯通行时间的诉求，交警可能用以下借口回复：

别人都没反映这个路口绿灯时间短，你咋就不能克服一下呢？这个路口是给你一个人走的吗？

全东莞1053万人，如果人人都像你这样要求按自己的需要设置绿灯通行时间，我们交警怎么处理？交通规则只能照顾大多数，不能因为你一个人而不顾大多数！

绿灯通行时间长短，是我们请专家测算过的。你懂还是专家懂？交通管理是一门科学，请尊重科学！

绿灯通行时间长短，是一项规则。规则面前人人平等。希望你多想想怎么改变自己，而不要老想着改变规则！

把问题皮球踢回给群众的类似借口，某些人可以信手拈来，可谓轻车熟路。然而，面对群众诉求，东莞交警没有"找借口"，而是"想办法"——调研，在科学测算的基础上将绿灯通行时间延长了5秒。

东莞交警面对群众诉求，第一时间想到的是怎样尽可能地让群众满意，而不是"找借口"拒绝。东莞交警没有用"高度重视"回应群众，群众却能感到他们把民生放在了心上。东莞交警没有把"为人民服务"挂在嘴上，群众却能感到他们的满腔热忱。东莞交警没有在电光火石间做出惊天地、泣鬼神的壮举，只是把绿灯通行时间延长了短短的5秒，群众却从这5秒中感受到"人民警察为人民"的温暖，感受到了城市品位的提升。"想办法"，办的是为民的实事、好事，群众怎能不感激，怎能不拥护，怎能不爱戴！

反观怀远县急救中心的解释，就让人觉得有"找借口"之嫌。严女士转述院方的说辞，颇有些此地无银三百两的幽默：如果真是强对流天气引发信号故障，又何必强调"值班室医生和驾驶员在隔壁参与另一起车祸事故未听到铃声"呢？电话打通了，没人接，这才是基本事实。强对流天气不是无人接听电话的原因。值班人员不在岗或值班人手不够，救命电话20分钟无人接听，险些变成要命电话，别埋怨天灾，多想想是不是人祸！

遇到问题不查找自身原因，而是"找借口"推脱责任，连苍天都敢冤枉，这胆儿真够肥的，这点子想得真够绝的。只是，这种"找借口"前后矛盾，难以自圆其说。群众眼睛是雪亮的，岂容"找借口"者满嘴跑火车！对无服务百姓诚意、有敷衍塞责口技的"找借口"者，群众怎能不反感，怎能不批评，怎能不唾弃！

谁把百姓放在心上，百姓就把谁放在位上。谁在千方百计"想办法"为百姓解难题、办实事、谋幸福，谁在不顾百姓死活挖空心思沽名钓誉"找借口"诿过揽功，群众都看在眼里，记在心上。群众支持谁，反对谁，看看谁在"想办法"，谁在"找借口"，便一目了然。

"衙斋卧听萧萧竹,疑是民间疾苦声。"食民粟者,当多为造福于民"想办法",勿为尸位素餐"找借口"。

勤廉惰贪,百姓心中那杆秤准着哩。

(2022年7月22日)

有什么误会是必要的

"不必要的误会",是个有语病的组合。难道还有什么误会是必要的吗?以"不必要"修饰"误会",显然是错误的。

然而,以"不必要的误会"造出病句的,并不是正在学习的中小学生,而是负责教书育人的太原市第六十六中学。

太原市第六十六中学报告市教育局,自己制造出了"不必要的误会"。市教育局把"不必要的误会"报告了山西省教育厅。"不必要的误会"带病顽强地活在山西省教育界的公文中,现在已引起国务院督察组的重视。

山西省教育界能培育出既不合常理、又违背逻辑的"不必要的误会",非一日之功。

近年来,山西省多所学校以学生是否购买平板电脑为标准,划分"智慧班"和普通班。进入"智慧班",需要一次性缴纳课程资源费、平板使用费等数千元。不少家长虽然心有抵触,但为了让孩子分个好班,只好硬着头皮掏腰包。

据国务院督察组结合实地走访情况初步统计估算,2017年至今,太原市近5000名学生购买了龙之门等公司的"智慧课堂"服务,这几家公司以此收费约2400万元。自推行"智慧班"以来,太原市教育局已多次收到家长信访件及意见反馈。山西省教育厅曾将一条"互联网+督察"平台反馈的太原市第六十六中学"智慧班"收费8800元的问题转办。该校自查后认为,"没有乱收费现象发生,但是在与家长的沟通方面存在不细致、对政策的解读不到位不全面的现象,使家长产生了不必要的误会"。太原市教育局于8月14日将此结论报告了省教育厅。(详见8月26日新华网《山西多校变相推销"平板+资源":不交8800元孩子难进"智慧班"》)

学校暗示或变相强制学生购买网络学习资源和捆绑销售的平板电脑，违反了教育部等五部门《关于进一步加强和规范教育收费管理的意见》中"不得强制或者暗示学生及家长购买指定的教辅软件或资料"和教育部等八部门《关于引导规范教育移动互联网应用有序健康发展的意见》中"作为教学、管理工具要求统一使用的教育移动应用，不得向学生及家长收取任何费用"等规定。

太原市第六十六中学违反上述规定，可谓蓄意而为，明知故犯，与学生家长之间不存在"必要的"或"不必要的"误会。

学生家长很清楚：花钱买学校要求的网络学习资源和平板电脑，孩子就能进"智慧班"。否则，就不能进"智慧班"。人在学校的矮檐下，怎敢不低头？这有什么误会可言呢？

令人费解的是，变相向学生家长推销"平板+资源"，在太原市已是多家学校长期以来的明目张胆之举，太原市教育局也接到过群众反映，为什么没能将此问题解决在萌芽状态呢？

更让人难以置信的是，太原市教育局将群众反映的此问题，交由责任学校自查，竟认同了学校"使家长产生了不必要的误会"的结论并上报厅。这和让被告自己审自己、自己做裁判有何不同？

太原市的一些学校敢于违规推销，底气就来自市教育局的失察或熟视无睹；敢于在群众反映后不纠正错误，而妄图以轻描淡写子虚乌有的"不必要的误会"蒙混过关，胆量就来自市教育局的默许甚至纵容。

作为上级，把群众上访的问题转交责任人，而自己不调查核实，任由责任人处理，或者与责任人勾结，这是许多问题得不到根本解决，甚至养痈成患的一个重要原因。太原市教育局和太原市第六十六中学炮制出的"不必要的误会"，就是此类的典型反面教材。此反面教材，足以让人看清楚面对群众诉求只做程序上的转办，而不进行实质解决的虚伪。

山西省一些学校的违规推销，乱子出在下边，根子却在上边。山西省的某些学校和教育行政部门，会不会把这个判断也列为"不必要的误会"呢？

（2022年9月2日）

外国盐比中国盐更……

外国月亮比中国的圆,外国空气比中国的甜,虽然这两句话都出自留学国外的学者之口,但其荒谬程度确实如痴人胡言乱语。不过,也难说有多大的害处,因为智力正常的成年人,谁会相信这种如发高烧病人的昏话呢?不仅难成大害,而且,以此做反面教材,还能让人看清崇洋者的媚态与媚骨,有寓教于乐的功效。然而,近来又有人以明示或暗示的伎俩,拿外国的食盐与中国的食盐做比较,个中滋味,却无"月圆""气甜"的风雅幽默,而是藏着骗财的陷阱。

有些网络平台,不时会有面目各异的网红进口食盐登台表演。这些舶来品贵得离谱。

一袋400克的国产食用精盐,一般售价为3元,而进口食盐,动辄要贵出几十倍。来自大西洋沿岸某国的85克食盐卖到149元,每克售价约为国产食用精盐的233倍。

进口食盐,真的都物有所值吗?贵得都真有道理吗?且听进口食盐商家广告中的说辞:

俺家的盐,生成于40多亿年前的海洋;

俺家的盐,是大自然的恩赐;

俺家的盐,俺国家的家庭都在吃……

难道这些就是你家食盐在中国卖天价的正当理由吗?

地球上的海盐,都来自海洋,各大洋是相通的。你家食盐并不比谁家的食盐年纪大、资格老、辈分高。

在谈到你家食盐时,尽管你饱含深情地用"恩赐"二字跟大自然拉关系、套近乎,但是,大自然与中国的关系也很铁,给中国的盐资源,丰富且优质,长芦盐场、苏北盐场、布袋盐场、莺歌海盐场驰名世界。

你国家的家庭都吃本国的盐,竟成了你骄傲的资本,以此为卖点,是不是有点夜郎自大了呢？中国人吃中国盐，吃出了四大发明，吃出了《黄帝内经》，吃出了唐诗宋词，吃出了雄赳赳气昂昂的中国人民志愿军，吃出了袁隆平、莫言、屠呦呦……

中国人对自己家的盐充满自信，有什么必要为你兜售的高价舶来品花冤枉钱？

为了卖高价，进口食盐商还说自家的盐含有80多种特殊的矿物质。

其实，根据我国《食品营养强化剂使用标准》，是不允许食盐中添加除碘以外的营养强化剂的。食盐的主要成分就是氯化钠，所占比例为98%以上。

世界卫生组织建议每人每天食盐的摄入量不要超过5克。过量摄入食盐会对人的健康造成不利影响。试想，在总量为5克的食盐中，80余种矿物质的总占比不到2%，每种矿物质又能有多大的量呢？你若指望花钱从天价盐中有效补充80多种矿物质，那就是被忽悠了。

商场如战场。兵者，诡道也。过去无商不奸。用历史、文化、消费群体等元素把自家极普通的商品包装得与众不同，这是某些商家的看家本领。但是，如今，诚实信用是我国民商事活动必须遵循的原则。对于虚假宣传、误导消费的进口食盐卖家以及为其提供平台者，市场监管等部门应依法进行查处。

在中国科技、生产力落后的年代，"洋"成了高端、高价、时髦的符号：洋车、洋油、洋烟、洋布……随着时代的进步，科技与生产力水平的提升，"洋"早已不再是束缚中国人民的绳索。然而，现在某些进口食盐却又忽悠了部分国人，可见崇洋之阴影并未全部散去，或者遇一定条件，又死灰复燃。对进口食盐的宣传若不依法管束，没准会泛滥滋生出个"洋盐"的怪胎词语。

外国盐比中国盐更酸？更甜？更苦？更辣？更健康？更浪漫？还是环球同此咸淡？你是否心甘情愿交智商税呢？

盐中有大义，购盐当审慎。消费代表你的心。就看你买的那包盐了！

（2022年9月25日）

不立于危墙之下

眼下，一方面，不似春光，胜似春光的金秋美景，让你有了远足探胜寻幽的冲动；另一方面，尚未完全被扑灭的病毒传播，又让你对外出有所忌惮。究竟是否远行旅游呢？其实，孟子的一句话足以帮你打开这把锁。这句话就是：君子不立于危墙之下。

君子不立于危墙之下，是后人对孟子一段话的提炼，原话是"莫非命也，顺受其正，是故知命者不立乎岩墙之下。尽其道而死，正命也；桎梏死者，非正命也"。

这里的"命""道"，其实就是规律。这段话告诫人们，没有什么事情是不符合规律的，要顺应规律，所以，掌握了规律的人不让自己处于危险之中，如不站在将要倒塌的墙下一样。顺应规律的发展、消亡，是正常的。违背规律是不正常的，要受惩罚。

用这段话指导你度过长假，是十分贴切实用的。

眼下，疫情如一堵危墙，其危险性是一种客观存在，不依你的主观意志为转移。病毒绝不会因为你有长假的时间、有游山逛景的闲情逸致、有侥幸心理而心生慈悲不再传播。恰恰相反，国庆长假期间，人员流动性、聚集性活动增多，病毒传播扩散的风险增高。飞机、火车、大巴、轮渡人群密集、空间密闭，易发生聚集性疫情。不在国庆长假易发生疫情的时间去易发生疫情的场所，就是不立于疫情危墙之下，就是远离危险。

你也许会说，把不立于危墙之下者称为君子，有些夸大其词了。其实不然。

君子，一要有智，二要有德。

就个人安排国庆长假期而言，首先把疫情风险纳入度假考虑之中，不是怯懦的表现，而是科学智慧之选。平安二字值千金。为了一时之快，把自己置于疫情危墙之下，属于蛮干。避开疫情高发隐患，远离疫情危墙，堪称君子之智。

主动远离疫情危墙，不仅仅是为了个人安全，其实也是配合支持全民防疫大局，是对社会的一种特殊贡献。千里之堤，溃于蚁穴。你也许会说，我自己出去游玩，甘愿冒险，自我负责。但是，你一旦被传染，就极有可能成为整个防疫大局木桶上的短板。不立于疫情危墙之下，既是为自己的安全着想，也是一种有社会责任感的表现，堪称有君子之德。

国庆长假，减少外出，不去人员聚集场所，就是对自己负责，对社会负责。

不立于疫情危墙之下，您能做到吗？

（2022年10月2日）

温度与力度

常听到"加大执法力度"的要求。执法力度是不是越大就越好呢？近来的两件真实案例，给出的答案是否定的。

据澎湃新闻等媒体报道，前不久，有位商贩把汽车停在104国道旁边卖苹果。温州一男一女两位交警发现后，并没有不由分说马上驱离，而是上前问他苹果甜不甜，让商贩切了一小块尝过后，热情地帮他向路人介绍：他的苹果真的很甜，要不要买点？

交警接着问商贩知道为什么叫住他吗？商贩不好意思地说，占路经营嘛。交警告诉他："这里是104国道，你占住了路边非机动车道，非机动车就会绕行到路中间，有安全隐患，所以，我们还是希望你换个地方……"

说话间，交警掏钱买苹果，本应付30元，却付35元，并告诉商贩，你挺不容易的。商贩说安全第一，主动表示离开这里，不再占道经营。交警马上鼓励他："心动不如行动！这么好的苹果，到哪儿都能大卖特卖！"分手时，交警不忘祝商贩生意兴隆。

这次执法过程不到两分钟，交警没有厉声警告，没有罚款扣车威胁，商贩没有苦苦哀求，双方没有争执冲突，路人没有围观指指点点议论纷纷，有的是交警对商贩的尊重与体恤，双方的和谐融洽沟通与相互理解。

女交警数次银铃般的笑声，让他们的交谈充满了愉快，丝毫看不出执法的所谓力度。然而，效果却是：执法文明，执法温暖，执法让执法对象心悦诚服。

这次把尊重、理解、关爱挺在前边的执法，力度看似为零，却有暖人的温度，赢得了被执法对象的理解配合，执法效果可以打满分。

而另一场执法，力度大得令人瞠目结舌，温度低到零下，让人不寒而栗，结果却是四海之内骂声鼎沸。此力度后被证明有害无益：

陕西省榆林市一个个体户卖了5斤芹菜，有关部门以芹菜检验不合格为由，加大了执法力度，开出了6.6万元的罚单。榆林市市场监管局2021年以来食品类行政处罚台账显示，针对小微市场主体的50多起处罚中，罚款超过5万元的就有21起，而这些案值通常只有几十元或几百元。

根据《中华人民共和国行政处罚法》第五条规定，设定和实施行政处罚必须以事实为依据，与违法行为的事实、性质、情节以及社会危害程度相当。

国务院督察组当场问榆林市市场监管局副局长："你说这几十块钱的一个案值，罚他几万块钱，过、罚相当不相当？"

答曰："不相当。"

督察组指出，执法不能只讲力度，市场监管部门在维护好市场秩序的同时，也要为小微主体的生存创造良好的环境。

为什么面对督察组的质问，执法者秒懂其执法力度过当，而对着个体户，却眼睛不眨一下地加大力度下狠手呢？

法律法规中，规定有执法的自由裁量权。如何行使这一裁量权，即执法的力度，完全可以体现出究竟是在执法为民，还是在执法欺民、执法害民。

帮商贩卖苹果的执法，彰显的是为人民服务的情怀和法治的文明，温暖感人，会让人更加遵法守法；借5斤芹菜开出天价罚款的执法，让人感到的是执法者的冷酷，带来的只能是绝望与愤怒，是对法治的践踏。

以手取水，在水中握拳，力度越大，拳握得越紧，得到的水越少。弯下腰，舒展双手，以手捧水，看似力小，却可掬起清泉。

"加大执法力度"之说，主观色彩浓厚。法律面前人人平等。执法的力度，岂能是谁一时兴起，想加大就加大的？还是以《中华人民共和国行政处罚法》第五条规定的过、罚相当为宜。毕竟，谁再大，也大不过法。

执法也是为人民服务。既有力度，又有温度的执法，彰显着法治文明，更令人信服。

（2022 年 11 月 18 日）

放平心态看球赛

在卡塔尔激战正酣的世界杯足球赛,无疑是球迷们的一场盛宴。也正如一场盛宴,要真正品出其中的美味、文化、情调,除了要懂得食材烹饪外,还得有美食雅趣,也就是要有欣赏的心态。如此豪华的世界顶级赛事,若不能以正确的心态欣赏,不仅享受不到其带来的全部快乐,以致有暴殄天物之憾,没准儿还会损害身心健康,轻者吃药输液,重者有性命之虞。

你说这是危言耸听?那么,请看来自广东省梅州市中医院的消息:根据往届世界杯足球赛期间的接诊情况,梅州市中医院 2022 年决定专门开设"世界杯综合征"门诊。"世界杯综合征"主要是指在世界杯比赛期间,球迷因熬夜观看球赛、产生较大情绪起伏等导致胃肠道、心血管、脑血管及呼吸系统疾病突发的现象。

11 月 21 日开赛第一天,"世界杯综合征"门诊就接收了 20 多位病人。随着赛事逐渐白热化,病人不断增加。至 24 日,"世界杯综合征"门诊的病人就达到了 80 位。"世界杯综合征"门诊的主治医师们均为梅州市中医院足球队成员,更能体会球迷们的情绪。主治中医师张彦中说,根据往届世界杯的经验,赛事越到尾声,强强对决的比赛增多,第二天的病人数量也会随之增多。"有一位支持阿根廷的球迷看到阿根廷输球给沙特阿拉伯后,出现胸闷、心慌等症状,23 日来到中医院找我们治疗。"(详见 11 月 24 日澎湃新闻客户端、腾讯网)

梅州市中医院开设"世界杯综合征"门诊,有着"上医医未病"的高明。

足球运动在梅州有着悠久的历史,广泛的群众基础。1873 年外国传教士将足球技术传到了梅州,梅州成为中国内地现代足球的发源地,涌现了李惠堂等一大批著名球星。1956 年,国家体委就已授予梅县（今梅州市梅县区）"足球之乡"的称号。梅州市是全国唯一曾经拥有两支中甲、一支中超队的城市。球迷众多成了梅州足球运动发展的动力，但同时也是"世界杯综合征"高发的条件。

梅州市中医院在本届世界杯开赛前即着手设立"世界杯综合征"门诊，把工作做在问题大量涌现之前，可谓棋高一着。

其他地方的球迷比例，虽然不一定有梅州的高，但是，同样为足球而狂，同样血肉之躯五脏六腑承载过量的喜怒哀乐，梅州球迷易患的"世界杯综合征"，其他地方的球迷也同样有高发的危险。其实，放平心态看球赛，是避免出现"世界杯综合征"的一剂良药。

所谓的放平心态，不是要球迷面对激烈的比赛，把自己变成不温不火的一潭死水，而是要把自己当作一场盛宴上的美食家，当作艺术评论家，当作客观公允的天平，品评对阵双方排兵布阵的谋略，体会双方队员技术的发挥，洞察赛场上的风云变幻，为双方的精彩表现而喝彩；而不是以势不两立的态度，一味地支持某一队或某一球星，死硬地反对某一队或某一球星，非要把绿茵场上的比赛当作一场你死我活的厮杀，自己支持的球队占上风就得意忘形，处于下风就痛不欲生。放平心态，就是要公允看待、评价双方的表现。

如此，你欣赏到的是两支球队共同带给你的快乐。心中天平失衡，不仅让你难以全部品味到比赛中的智慧之妙、球技之巧、力量之美，减少你的快乐，而且，易让情绪坐过山车，招惹"世界杯综合征"上身。

棋逢对手，将遇良才的斗智斗勇才精彩。世界杯足球赛即将进入决赛，巅峰对决会更加激烈。你能否尽享这场足球盛宴的快乐？请先放平心态，做好"世界杯综合征"的预防免疫吧。

（2022年12月16日）

甩锅转型进行时

互联网、智能手机的普及，极大地提升了中国网络舆论监督的广度、深度、及时性、针对性。然而，道高一尺，魔高一丈。被监督对象甩锅的技艺也随之水涨船高。甩锅正由防守型、防守反击型向全面进攻型进化。

面对网络舆论监督，一些责任单位想到的不是改正自己的错误，而是怎样摆脱责任，减轻或免予处罚。经过20余年的摸索，终于找到了一个百试不爽的法宝——临时工。

执法中侵害了百姓利益，服务时刁难了服务对象，在网上被曝光了，怎么办？甩锅！这事是临时工干的，我们已将其辞退。把责任甩给临时工，单位领导就可以减轻或者推掉责任。

此甩锅技艺虽然成熟可靠，却是以承认错误在己方为前提的，属于被动防守，且已被用滥，常被群众戳穿讥笑，早无新意，落入俗套。

甩锅临时工的传统打法在2022年8月被突破了，太原市第六十六中学甩锅时就摆脱了临时工的窠臼，用"误会"，甩出了新意。该校违规收费，群众在网上举报。山西省教育厅、太原市教育局将此问题转交该校自查。该校拉开架式甩出了锅："没有乱收费现象发生，但是在与家长的沟通方面存在不细致、对政策解读不到位、不全面的现象，使家长产生了不必要的误会。"毕竟是学校，有文化啊，人家这锅甩得既有己方的谦虚态度——我沟通的方式方法有问题我愿意改，但是，大是大非问题上不让步，一口咬定没有乱收费！避重就轻掩盖过自己的错误后，再就势侮辱家长的智力——你们误会了，而此种误会，是不必要的，你们理解错误且多余！误在你们，而我无错！如果说让临时工顶缸是一防守型甩锅，那么，先摆出谦恭态度，再把责任归咎于监督者，称其误会，则是一种防守反击型甩锅。太原市第六十六中学开辟了甩锅转型的新路径。

舆论监督不停，甩锅创新不止。据极目新闻等多家媒体报道，近日，浙江台州市中心医院悬挂喜报称"热烈祝贺我院门急诊服务人次突破200万"，此内容引发网友质疑。

12月26日，医院工作人员回应称，相关喜报已撤下，"喜报本意是想突显医院接待能力的提升，但被曲解了意思"。

从喜报字面上理解，确有为到该院看病的人多而祝贺之意，而且冠以"热烈"，让人觉得祝贺者喜气洋洋，喜不自禁，喜悦之情溢于言表。网友面对这个喜报喜不起来，甚至心生厌恶乃至愤怒，是正常的。但愿世间人无病，何惜架上药生尘，道出了全社会所尊崇的医者仁心。作为医院，若因病人多而喜，在普通人看来，就是幸灾乐祸！

医院本应是救死扶伤的圣地与净土，却把别人患病当作商机，岂不是乘人之危谋财害命的黑店？！若病人多了，医院就悬挂喜报，不是如资本主义社会律师希望人人打官司、玻璃商盼着天天下冰雹、棺材铺老板恨人死得少一样吗？这样的医德医风怎能让人放心？如此办院，又怎能不令人愤慨！

毕竟是医院，高知要比中学多，所以，面对监督，不仅不检讨自己刺激公众情绪的错误，反而在甩锅方面，技压太原市第六十六中学一筹，更上一层楼：这家医院用了"曲解"这个词点睛。据《现代汉语词典》解释，曲解是"错误地解释客观事实或别人的原意（多指故意地）"。以误会甩锅，是先承认自己有鸡毛蒜皮的不足，而着重强调对方误会，误在对方，是一种防守反击型的甩锅。以"曲解"甩锅，强调自己根本无错，极有可能是对方在故意整我；我是受害者，对方是加害者；我对，对方错；应受谴责、处罚的是对方，而不是我。这是一种全攻型甩锅。

从"临时工"防守型甩锅到"误会"防守反击型甩锅，大概历经了20余年。从"误会"防守反击型甩锅到"曲解"全攻型甩锅，仅隔了约4个月。甩锅技术飞速转型进步。舆论监督者不可不察、不可不防呀！

闻过则喜是谦谦君子之德。猪八戒犁地，倒打一耙，是无理取闹者的伎俩。人非圣贤，孰能无过？面对舆论监督，是诚恳改过，还是甩出无厘头的锅，高下自现。

（2022 年 12 月 30 日）

精忠报谁

电影《满江红》在春节上映，唤起了更多人对抗金英雄岳飞的敬仰。有好考据者，为岳飞背上刺字是"精忠报国"还是"尽忠报国"而争论。

查《宋史》（卷三百六十五 列传第一百二十四），岳母所刺的字是"尽忠报国"，而赵构手书赐予岳飞的旗子上写的是"精忠岳飞"。其实，"精忠"还是"尽忠"并不重要，因为二者强调的都是一个"忠"字，重要的是"忠"的对象。

正是由于岳飞与赵构对"忠"的对象即"国"的理解存在巨大差异，才导致了赤胆忠心的岳飞被杀的千古奇冤。

岳飞心中之"国"，乃君王、百姓、河山，而赵构心中之"国"和大多数帝王一样，乃家天下，朕即是"国"，"国"即是朕。岳飞心中之"国"，乃完整的神州河山，不容异族染指。赵构心中之"国"，乃其个人统治、享乐的空间，半壁江山也是其"国"。

二人心中"国"的概念，即"忠"所报的对象，既有交集，也有不同，这就使得他们之间磕磕绊绊不断，注定要酿成悲剧。

北宋后期主要面临两股力量的威胁，一是异族侵略者金，二是国内此起彼伏的农民起义或土匪。从对这两股力量态度上的差异，就很能看出岳飞与赵构对"国"的各自理解。

赵构认为这两股力量皆是威胁其"国"的敌人，在具体处理上，欺软怕硬，外战外行，内战内行，甚至对金称臣、上贡求和，对国内起义军则命令武力消灭。总之，只要能让我的小朝廷之"国"偏安即可。

而岳飞则与其相反，认为神州河山乃我"国"，寸土不让，力主抗金。对国内起义军则主张消灭匪首、招降部属，始终把异族入侵当作主要矛盾，视为"国"之大敌，对同胞却多有恻隐之心。

宣和四年（1122），还是康王的赵构在相州与岳飞有了第一次工作接触："飞因刘浩见，命招贼吉倩，倩以众三百八十人降。"赵构对岳飞招降吉倩是满意的，遂"补承信郎"。

然而，四年之后（1126），赵构当上皇帝，岳飞向其上书，力主北伐："'陛下已登大宝，社稷有主，已足伐敌之谋，而勤王之师日集，彼方谓吾素弱，宜乘其怠击之。黄潜善、汪伯彦辈不能承圣意恢复，奉车驾日益南，恐不足系中原之望。臣愿陛下乘敌穴未固，亲率六军北渡，则将士作气，中原可复。'书闻，以越职夺官归。"

赵构对是否北伐的实质内容不置可否，却把岳飞越级建议的程序性瑕疵无限放大，鸡蛋里挑骨头，上纲上线，罢了岳飞的官，堵住主战的言路。

看懂赵构这步棋，就不难明白他日后默许秦桧以"莫须有"罪名冤杀岳飞的招数了。

农民起义如火如荼，金兵步步紧逼，这让赵构又不得不用岳飞之"忠"保卫其半壁江山之"国"。所以，在岳飞复出为赵构心中之"国"剿匪、灭寇解燃眉之急时，赵构不断提拔岳飞的职务，但是，这并不能把岳飞对"国"的认识统一到赵构的思想上，二人的矛盾继续发展：

绍兴三年（1133）春，岳飞剿灭虔州贼兵，赵构"密旨令飞屠虔城。飞请诛首恶而赦胁从，不许；请至三四，帝乃曲赦"。

作为臣子的岳飞，竟让皇帝屈从于自己的意志，皇帝能不在内心给你记上一笔吗？

赵构继续从感情上拉拢岳飞。绍兴三年秋，亲题"精忠岳飞"并制旗赏赐。绍兴五年（1135）又封岳飞的母亲为"国夫人"。可是，这并不能改变岳飞主战的政治立场。

"飞数见帝，论恢复之略。"赵构听后虽然表态："有臣如此，顾复何忧，进止之机，朕不中制。"但是，在关键时刻他却听从主和派秦桧"欲画淮以北弃之"的主意，以至岳飞捷报频传、拟直捣黄龙时，却一日收到十二道撤军的金牌。

以赵构为首的主和派卖国割地求和，要在半壁江山之"国"享受

"山外青山楼外楼"的歌舞升平，而一心要收复失地的岳飞，就成了他们的最大障碍，将其召回，以"莫须有"罪名杀害，最符合赵构集团的利益。秦桧当然是杀害岳飞的刽子手，但是，没赵构这个一把手的同意，秦桧敢动手吗？

岳飞从前线被召回时，手握重兵。熟知兵法的他，岂不知"将在外君命有所不受"的规则？但是，他"国"的概念，既有与赵构"国"的概念不同的百姓与河山，又有与之相同的"君王"内容。岳飞把"君王"排在了"国"的首位，而此君恰恰又是最大的卖国贼，最终铸成了历史悲剧。

孟子曰：民为贵，社稷次之，君为轻。岳飞若以此指导自己的行动，悲剧或可避免。

（2023年2月3日）

说说马屁精

拍马屁,本是一种客气。据说,在元朝,人们见面打招呼,常拍拍对方马的屁股,夸马好,示好对方。就像现在见到男士夸他车子好、见到女士夸她包包好一样。

然而,马屁拍着拍着就变了味。现在人们把阿谀奉承叫作拍马屁,把直立行走、以拍马屁为生的灵长类哺乳动物叫作马屁精。马屁精是一种有害物种,如不及时消灭,会污辱公众尊严,祸害社会生态。

日前,马屁精就在一家国有寿险公司秀了一把。这家公司发了一份内部文件,题目是《关于"开展学习罗董金句,激扬奋进力量"学习活动的通知》,要求公司总、省、地市、县各级机构全体干部员工,"学习、熟读、并背诵董事长在首季峰启动会上传达的金句集锦",在2月10日前,完成全员闭卷考试,并对考试成绩进行汇总。

这位罗董的所谓金句,其实并不金,文采不似金子般闪光,内容也没有金子般的价值,有些就是大白话:"让寿险更贴近人民生活";有些就是放到其他行业也通用的套话:"聚焦客户、融入民生、提高效率、提升价值";还有一些是经不起推敲的错话:"经济社会越困难,保险价值越重要。"

我国人民已经摆脱了贫困,正在共富路上阔步前进,经济社会越来越好,而不是"越困难"。按照罗董"越困难越重要"的金句逻辑,这家寿险公司的保险价值将越来越不重要。公司是不是可以考虑解散了?他这句金句,是在给员工鼓劲,还是在号丧?

人都有想得到他人肯定的本能意识,适度拍马屁,并无大害。若只在拍者与被拍者间进行,不涉及他人,无论是跪着拍,躺着拍,舔着拍,对他人并无大碍。但是,如果拍马屁者成了精,拍马屁的影响力就不再局限于拍与被拍者之间了。

马屁精强迫全体干部员工背诵领导的所谓金句，是用大家的尊严去拍领导的马屁，是对群众智力的愚弄，是对群众精神的暴虐，是对群众人格的玷污。马屁精，是正常人际关系生态的破坏者，社会风气的污染者。

马屁精并不是稀有物种，不仅国有企业有，而且民营企业也有；不仅企业有，而且学界、文艺圈也有。

2021年被曝出的上海某公司彩虹屁，就很见民营企业马屁精的功力。这家企业的老板×浩，在文章中被这样描述："浩哥是有天眼的，只有浩哥的思想才是帮助我们成功的唯一方向。""浩哥掌握万物之规律，凡事只要过了他的眼睛和大脑，一切都会变得通透。"

这家企业还有赞美浩哥的歌曲《十颂浩哥》。浩哥开会时激动得翩翩起舞，员工随即群情激昂，拍手欢呼，比传销培训有过之而无不及。

这家企业内部一次次掀起深入学习浩哥十大决策的热潮。浩哥下飞机，鲜花美女员工立即将其簇拥在中央。

2019年12月，吉林省公安厅原常务副厅长贺电出版了一本《平安经》。此书虽名似经典之"经"，内容却荒诞不经，满卷皆是"眼平安，耳平安，鼻平安，舌平安，身平安，意平安"的句式。然而，因为作者的身份，马屁精们迅即嗅到味道。先后有多家微信公众号为《平安经》背书，发表"拜读《平安经》感言"的文章，向读者隆重推荐，宣称"官员阅读此书，领悟初心使命。学者阅读此书，顿悟平安哲理。商贾阅读此书，企业平安无虞。民众阅读此书，安享世间太平"。2020年6月，吉林省朗诵艺术协会邀请十余位知名专家、学者、诗人共同参加了"助力平安中国、平安吉林建设暨《平安经》公益朗诵活动"研讨会。这马屁污染得真可谓横向到边、纵向到底！

马屁精，对事业，对风气，对团结，乃至对被拍马屁者，都有害而无益。那么，如何消灭马屁精呢？

被拍者要清醒，不要虚荣心膨胀，妄自尊大。大道至简，实干为要。你有没有德，有没有才，有没有值得称颂的功，最终是要用实绩来说话的。马屁拍得再响也无用。

马屁精要赶快找回自己的人格。人的能力有大小，诚实劳动就值得尊重。如果自己不把自己当人，而当哈巴狗，以拍马屁为生，别人还怎么尊重你？你企图通过拍马屁踩着别人往上爬，别人怎能不烦你、揍你？

受害者要反抗。人的尊严是不可冒犯的。马屁精用我们的尊严去讨好主子，搞个人迷信，个人崇拜，我们要坚决地说"不"，要彻底地揭露他，深入地批判他，决不能惯着他。

上有所好，下必甚焉。说到底，马屁精是寄生于被拍马屁者的。马屁精的生存状态，可以反映出被拍马屁者的格局。

从历史上看，马屁精祸国殃民之事并不鲜见。消灭马屁精，利国利民，离不开群众参与，但关键在领导：

对马屁精炝一蹶子，他还敢再拍吗？怕就怕领导好这一口儿呀！

（2023年2月10日）

向舆论侠者学习

　　大多数人是崇尚侠义的。歹徒欺压良善，有人挺身而出，维护正义，以正压邪，此谓侠之大者，见义勇为也。然而，当有人张口大放厥词，宣扬种族歧视、性别歧视，传播拜金主义时，却鲜见有人与之做针锋相对的斗争。

　　近日，在安徽省庐江中学发生的一幕，让人们见识了一位中学生面对歪理邪说时的侠肝义胆，义薄云天，堪为世范。

　　先将事件回放一下：

　　日前，合肥某高校副教授陈某到庐江中学作励志演讲，以自己为例，称学习改变了自己的命运。他要自己的孩子好好学习，以后娶白种、黑种的优秀基因的女人，改变后代基因。又为学生描绘了好好学习的前景：如果考上了合肥的高校，那么全安徽的女性可供选择；如果考上清北，全中国的女性可供挑选；如果考到国外，全世界的女性可供挑选。在学生的一片"嘘"声中，陈某又散布了"学习是为了钱"等错误观点。

　　陈某的种种歪理，惹恼了台下一位学生。他冲上台，拿过话筒说："他眼睛里面只有钱！学习是为了钱？"这位学生继续启发同窗，"我们努力学习为了什么？是为了中华民族伟大复兴！"

　　少年强则国强。大是大非面前没有半分畏惧苟且，有的是凛然正气，拍案而起，坚决斗争，此生此举此言，让人看到了中国少年的朝气、勇气、锐气，壮哉！

　　从学历、职称、职务、荣誉等方面看，陈某相对这位同学有着绝对优势：大学毕业于名校，是副教授，安徽省中小学教师培训专家库特聘专家，头顶还罩着首届"省级教坛新秀"、合肥师范学院首届"最受学生欢迎的十佳教师"等炫目的荣誉光环；而斥责他的那位学生，据查，刚上高中二年级，茅庐未出，名不大，誉未闻，职亦无。发生观念碰撞，言语冲突，二人似不在一个重量级上。

然而，谬论的乌云无论多么浓密，终究挡不住真理的光芒。陈某让孩子们"转基因"，散布种族歧视的言论；把考上好学校与挑选女人画等号，践踏女性尊严；诱导学生拜金，偏离为中华之崛起而读书的正确方向……任由这些歪理泛滥，学生会受害，社会风气将受污染。看似人微言轻的学生冲上去，制止他，揭露他，批驳他，堪称舆论侠者！

陈某头衔唬人，对阵名不见经传的舆论侠者，却一败涂地，何也？理不直，气难壮，外强中干的纸老虎！舆论侠者，阳刚正气，以正胜邪！

当下，某些披着文化外衣的人，常散布一些害人的谬论。群众将这些人称为"砖家""叫兽"。害人的"砖家""叫兽"多了，社会就需要更多的舆论侠者。

网传，有人问是否会处理驳斥陈某的学生，校方答复不会。笔者认为，这位同学面对谬论见义勇为，非但不能处理，而且应予以奖励，以激励产生更多的舆论侠者。

真理总是与谬误相比较而存在，相斗争而发展。社会进步越快，人们的思想越多元化。舆论侠者越多，风就会越清，气就会越正。

舆论侠者，是有民族自豪感的爱国者。

舆论侠者，是社会主义核心价值观的拥护者、践行者。

舆论侠者，是真理正义的捍卫者。

舆论侠者，是面对谬误敢于亮剑的斗争者。

向舆论侠者致敬！向舆论侠者学习！该发声时就发声！

（2023年2月24日）

勿让新生儿再当文盲

据澎湃新闻等多家媒体报道，近日，在山东省德州出生的一名新生儿，被当地派出所贴上了人生的第一个标签：文盲或半文盲。

派出所是在新生儿落户口时，在文化程度一栏中输入"文盲或半文盲"的。

新生儿的家长认为派出所的做法有些过分。派出所倒也爽快："文盲或半文盲"是计算机系统自动生成的。家长介意的话，可以去掉。

作为家长，谁不对自己的孩子充满希望与祝福呢？望子成龙，乃人之常情。作为离人民群众最近，直接为人民群众服务的派出所，怎么就不懂这人之常情呢？

把新生儿的文化程度首选项设为"文盲或半文盲"，还认为新生儿家长可能会不介意，这种认识符合常理、常识吗？

如果新生儿的家长对自己孩子是"文盲或半文盲"的结论介意，派出所是"可以"将此内容去掉，而不是"必须"去掉。这让人感到派出所认定新生儿是"文盲或半文盲"没有错，是正确的。若去掉新生儿"文盲或半文盲"的标签，需要新生儿家长提出诉求。当然，最后去掉与否，须由派出所决定。

新生儿究竟是不是文盲或半文盲呢？

《现代汉语词典（第7版）》（中国社会科学院语言研究所词典编辑室编，商务印书馆出版）第1372页对文盲的注释是"不识字的成年人"，第37页对半文盲的注释是"识字不多的成年人"。

新生儿不是成年人，这是常识。派出所给新生儿贴上"文盲或半文盲"的标签，显然是错误的。

给新生儿贴上"文盲或半文盲"的标签，这种错误是个别现象，还是普遍存在的呢？

德州这家派出所一语道破:"系统自动生成的"。户口登记计算机系统是联网的。看来,这一错误是普遍存在的。

那么,公安机关为什么会犯如此低级的错误呢?

一是没有顾及群众感受。这使其违背了人之常情。

二是把服务当作权力。这使其违背了有错必改的常理。

三是粗枝大叶想当然。这使其违背了新生儿非成年人的常识。

不顾常情,不循常理,不知常识,怎么能密切联系群众,怎么能好好为人民服务呢?

中华人民共和国的警察简称"民警",全称是"人民警察"。1950年12月8日,公安部向全国公安机关发出《关于统一人民警察名称的通知》:"关于人民警察之名称,各地均不一致,且'警察'二字在人民中的坏观念很深,特作如下规定:各种警察一律统称'人民警察',简称'民警',凡来往公文表册中均用此名称。"

各级公安机关牢记自己是"人民公安",各级干警牢记自己是"人民警察",就会顾人民群众之常情,就会循有错必改之常理,就会知新生儿非成年人之常识,就不会再出新生儿是"文盲或半文盲"的荒唐事了。

填写新生儿文化程度,是不是一道无解的难题呢?智慧从群众中来。广大网友纷纷提出建议。有人说,填"学龄前"为妥。愚以为,"学龄前"表述的是年龄段而非文化程度,且户口簿上已有出生年月日,再填"学龄前"属于信息重复。新生儿文化程度准确的表述宜为"零基础"。"零基础",既表明其接受文化教育的时长,又表明其拥有文化的量。

当然,这也只是个人建议,希望公安机关能将此与来自人民群众的其他建议一并考虑。

一切为了人民,一切依靠人民,公安机关服务群众的工作就一定能够做得更好。

(2023年4月21日《义乌商报》,2023年5月22日《上海法治报》。)

副　编

《黔之驴》的另类版本

夜读柳宗元的《黔之驴》，不由得昏昏沉沉。不知何时，柳宗元竟已立在我身旁。

灯光黝黯，他面目装束不清，声音却明朗："人向动物学习，有仿生学。岂不知动物也向人类学习，有仿人学。有了仿人学，驴与虎的关系可就微妙起来了。不信？老夫就有《黔之驴》的几个新版本……"

版本甲　级别生威。山中早传闻一位大头头要下派至此。驴入黔后暂处山下，无所事事。暗中观察着这一切的虎终于明白了：此长耳长脸的家伙定是下派的头头。它每天什么都不干还气定神闲，莫非是善于无为而治？它究竟是什么级别？什么级别坐什么档次的车，山外有明文规定，可这家伙是乘船来的！它将来在山中居于我之上还是做我的副手？这些问题不弄清楚绝不能贸然行动！两条腿走路的人那么灵巧还会被级别压死，何况我这只四脚爬行的虎呢？领导很重视对下属的第一印象，我须小心，再小心！

版本乙　深沉出力量。躲在林中观察多日之后，虎生出一丝侥幸：这庞然大物也许不是上面派来的领导。即便是领导，也许也没有想象中那么厉害。厉害不厉害，试试才知道！

虎壮起胆媚笑着对驴说："您真大度。那些苍蝇在后面打扰您，您也不生气。"说话间，虎翘起钢鞭似的尾巴，向驴屁股抽去。虎想，抽得不能太重,万一这家伙真是个平日深藏不露的高手,因这一抽大怒,我岂不危险?抽得也不能太轻,太轻起不到"火力侦察"的作用。说时迟那时快,虎尾一抽,驴抬后蹄便踢,正中虎的命根子!虎瘫倒在地,驴扬长而去……虎捂着命根子想:厉害!领导平时不显山露水,关键时刻才露峥嵘。幸亏领导深沉,这次只是点到为止!哎哟……

从此,虎对驴十分尊敬,见驴必伏地磕头。若看到驴脸拉得不太长,虎会扮成猫:"驴王好!""驴王万岁!喵……"

版本丙 行贿并快乐着。虎四处打听驴的级别与来头。结果是:具体什么级别来头谁也说不清。但大家一致认定,下派挂职必定有来头,挂职以后必定提拔重用。

这些信息让虎后悔得直抽自己大嘴巴:自己在这山沟里天天盼着能找到关系,这送上门的机遇差点被断送掉!自己以前在驴面前竟那般孟浪,真该死!

虎毕恭毕敬地给驴献上了新鲜的鹿肉、兔肉、山鸡肉。面对这些,驴脸似乎拉得更长了。虎扫兴而归。又经打听,虎豁然开朗:挂职期就是镀金期、考验期,此时领导岂肯因小失大?送礼不能盲目,要投其所好、所需。

潜心观察,深入思考,认真研究后,虎拎着束青草敲开了驴的门……

从此,虎每天清晨都爬到山巅去拔顶着露珠的嫩草,风雨无阻!

驴吃着虎送来的嫩草也不多说什么。可虎知道,领导是不会轻易表态的,领导正在考验自己!驴领导一旦高升,自己不也就跟着……

虎常从梦中笑醒!

版本丁 爱着领导的爱。深沉的驴一日忽然发出了一串很响的声音。这是朗诵、歌唱,还是演讲?动物们谁也听不懂。

但虎兴奋得坐不住了:"听不懂说明你们水平低!山外'海归'派不也常冒出些谁也听不懂的词儿吗?可大家越听不懂越夸他们水平高。你们听不懂驴领导的语言,这太正常了!领导的意图本来就只可意会不可言传!领导音域宽广,音色纯正,音调高亢激昂,我们不赶快修歌舞厅还等什么?兔、鹿、龟……只要是地上跑的一律给我搬砖和泥盖歌厅。画眉、夜莺、麻雀……无论什么鸟，能陪驴领导唱得开心就是好鸟……"

"让威猛的虎臣服于无能的驴，照这样下去，生物还能进化吗？"听着《黔之驴》的种种版本，我不禁发问。

梦醒了，柳宗元不知所去，窗外夜沉沉……

（2005年1月26日《沧州日报》，获"人防杯"全国杂文大赛一等奖。）

一份检查和三个结局

检 查

　　我错了。由于我工作的疏忽，破坏了我市的稳定，造成了严重的不良影响，我诚心作出深刻的检讨！

　　3月9日，我接到通知，第二天某电视台要到我市采访廉政建设的先进典型。市纪委的领导要我通知一些部门单位的领导明天到纪委开廉政建设经验座谈会，以配合电视台记者的采访。我在向各部门单位打电话时都只是说"请你们的纪委书记和一把手明天到纪委来一趟。什么事？关于廉政建设的，来了就知道了"。

　　我之所以说这么简单，是临近下班了，要通知的部门单位多，时间紧，这些部门单位平时又都总结有成套的廉政建设经验，无须做更多的准备，另外，是想让大家面对采访时自然一点，不要像小学生背书似的念材料。

　　而实际效果却证明，我的这种工作方法过于简单，使不少部门单位的领导产生了误解，造成了无法挽回的损失……

　　第二天，电视台记者来采访时，到会的部门单位领导寥寥无几。会后陆续传来消息：国土局局长接到纪委通知后大小便失禁，心脏病突发，不省人事。财政局局长听说纪检书记陪他上纪委，第二天一大早就自首了。公安局局长当天晚上就失踪了，至今落不明，有人说他已外逃。交通局局长连夜杀死了情妇，他以为是她向市纪委检举了他，要灭口。卫生局局长服毒自杀，留下一封忏悔信和一个长长的名单……

　　这一切都是因为我工作方法简单、工作责任心不强造成的，在组织的教育、批评、帮助下，我认识到了自己的错误，感到深深的内疚和痛心！

我是今年年初才通过公务员考试进入市纪委工作的。我缺乏工作经验，平时不注意向老同志学习，这是我此次犯错误的一个重要原因。我愿意在今后的工作中虚心向老同志学习，克服自己的缺点，改正自己的错误，请组织给我机会……

木小水
3月16日

结局一
　　木小水精神失常了。每到当地开全市大会时，或有上级来当地时，都有专人负责看守木小水，防止他闹事……

结局二
　　木小水"风光"了。省纪委在木小水所在的城市顺藤摸瓜，查出了一批窝案、串案。正是木小水歪打正着的电话通知才打开了这些案子的突破口。也有人说这是他的机智。他被评为优秀纪检干部，成了传奇人物，有人要以他为原型拍电视剧……

结局三
　　木小水既没有被开除也没有"风光"起来。他还在纪委办公室上班，整天无所事事。公务员考评第一年，他的考评结果是基本称职，第二年是称职，第三年是优秀。大家都说，这个年轻人比刚来时成熟多了……

（2008年9月23日《杂文报》）

买卖

一

"一点心意,您一定收下!"
"这多不好意思,咱们是自己人……"
"不成敬意!您务必笑纳……"
"你放心。那事我给他们打招呼就是了!"
"全仰仗您了。以后我会常来看您的!"
"东西还是拿回去吧,事情我会尽力的。"
"就是没事我也该来看望您。以后全靠您关怀了!"
"我不是说了吗?咱们是自己人了,我这里你想来就来嘛!"
……………

"请法庭明鉴!他说我索贿是诬陷!是他拉我下水!"
"我不送礼他就不给我办事,还处处刁难我,这不是索贿是什么?!"
"你行贿。你不是人!"
"你索贿。你更不是人!"

二

"给你根骨头,你得给我当狗!"
"一根骨头就想让老子给你当狗?别妄想了!看老子不揍你!"
"先别发火!看看这根骨头油水多足呀!喏!你看,上面还有这么多碎肉。要是把骨头咬开,里面的骨髓才美哩。瞧!碎肉还滴着血呢。哎哟!这没准是龙的脊骨……"
"油水的确不小。可是,可是……你又没说清让我怎么当狗嘛……

再说，这让人家多不好意思呀……"

"别不好意思。其实很简单，你先学声狗叫……"

"那多难为情呀，要是别人听见了……"

"哎哟！看你害羞的样子！就咱俩，别人谁也不知道。快叫……看看，多美的肉骨头呀……"

"汪……"

"我没听见！大点声！"

"汪！汪！"

"好！来，吃肉骨头。吃了肉骨头，就要当一只听话的乖狗狗！"

"汪！汪！"

"真乖！"

…… ……

"那人挡着我的道儿，去咬他！"

"我又不是你的狗，怎么能随便替你咬人！"

"什么？吃了肉骨头你就不认账了？我要让天下人都知道你是只喂不熟的狗！都来瞧都来看呀，这里有只喂不熟的狗了哇……"

"别嚷嚷！你又没指清楚咬谁，让人家怎么下口嘛？"

"喏！就是他！上！"

"汪！汪！汪汪……"

三

"这是我的人格和灵魂，都奉献给您，您让我生活得好一点……"

"这只是商店里买来的货物，不是你的人格和灵魂。你心不诚！"

"我要是心不诚，天打五雷轰！"

"那么，我问你，我高大吗？"

"你比武大郎矮半头！"

"我雄壮吗？"

"你比芦柴棒瘦一圈！"

"我有风度吗？"

217

"你的口臭能熏死苍蝇！"

"我善良吗？"

"你曾把亲娘煮了吃肉！"

"收起你的礼物吧，你没有拿出人格和灵魂，没有诚心！"

"我真的有诚心呀！难道要我扒开胸膛给你看吗？"

"这得你自己去悟，我不能教你。"

"噢！您高大如泰山！雄壮似猛虎！仪态赛潘安！善良胜如来……"

"嗯！这还差不多！不过，你也不错呀……"

"哟，我有什么好的，瞧您，还夸我呢……"

"你皮肤如凝脂润玉，线条更诱人……"

"别动手动脚。让人家看见了多不好……"

"就咱俩！没人！"

"那请……请驾幸奴家贱体……"

"…………"

"你真的愿意把人格和灵魂交给我吗？"

"我是真心的！不信？我扒开胸膛给你看！"

"那你扒开吧。"

"哎呀！我的心呢？我的心咋没了呢？我的心……呜……呜……"

"别哭了！你原来是有颗人心的。可你把人格和灵魂给了我，你还会有人心吗？"

"可我没人心还怎么活？别人看出来怎么办？"

"别担心！你把人格和灵魂交给了我，我会给你优越的生活。你穿着华丽的外衣，谁会怀疑你没有人格和灵魂呢？"

"可是……我还怕……"

"怕什么？我再给你弄顶帽子——乌纱帽，谁还敢说你没人格和灵魂？！"

"我没有人格和灵魂，却穿华服戴官帽，那我成什么了？"

"衣冠禽兽嘛！其实，没有人格和灵魂的负担，这样活得最轻松……这几天痔疮又犯了。过来，舔舔……

"噢！真舒服！你舔得真到位！过几天给你换顶大点的乌纱帽，你也去收获人格和灵魂吧！"

（2010年1月18日《羊城晚报》，2010年3月《杂文选刊》中旬版。）

后狗恶酒酸时代

申　诉

尊敬的阎王陛下：

我是一只狗的冤魂，因狗恶酒酸案被判打入地狱、永世不得还阳。《韩非子》载有本案，即因我凶恶，扑咬前来买酒的顾客，使主人所酿美酒存放得发酸也无人敢来买。两千多年来，法学家、史学界、帝王将相、平常百姓乃至本狗，均认为此为铁案。可现在我要控诉：此乃千古奇冤！

前几天，地狱新关进了一批奸商。他们不知我的身世，聚在一起肆无忌惮地探讨如何以广告效应骗钱，并将狗恶酒酸推崇为该领域最成功的案例。

听着他们石破天惊的高论，透过幽幽的时光隧道，我看明白了恶名加于我清白之身的全过程……

我的主人原在楚国酿醋为生，酿的醋不够酸砸了牌子遂到宋国改行酿酒，但终因酿的酒不够醇且无知名度而陷入困境。一家广告策划公司收了主人的金子，献上了一条妙计……

从此，主人严格训练我，使我对主人更加忠诚，对陌生人无比凶狠。

在我的恶名频频出现在街头巷尾茶楼酒肆妇孺皆知后，主人则每日指着一缸陈醋向社会各界介绍："这本是玉液琼浆般的美酒，因这畜生凶恶，竟然放得发酸也无人敢来买……"此时我被拴在旁边，虽然狂吠，对来客却不构成丝毫威胁。

由于我恶名远播，前来猎奇的顾客络绎于途，主人酿的劣质酒供不应求，捧得了驰名商标，成为宋国免检产品……

我的所谓"恶"，其实是广告公司为主人设计的卖点！主人指醋骂狗卖酒，我有功无罪！我强烈要求平反昭雪，恢复名誉，转世还阳！

恶狗
猴年马月驴日

判 决

经查，恶狗申诉属实。本案狗、醋皆为酒家卖酒营销活动的道具。恶狗无罪，立即释放，准其还阳。念其蒙冤久，痛苦深，还阳后从优安排社会职业，做名人代言广告。

恶狗长期服刑，极易变态。牛头、马面须对恶狗还阳后情况跟踪监督，如实反馈地府。

阎王
鼋年鳖月龟日

反 馈

恶狗托生成名人时基因发生突变，由原来只忠于主人变为只认金钱，代言广告时常把毒草吹成良药，把牛粪吹成蛋糕，把稻草吹成金条……

恶狗托生成名人后子女颇多，变态基因之谬种流入影视界混迹于明星圈，酷爱代言广告。他们有的故作羞涩娇声呢喃："这种卫生巾，用着真舒服！"有的满脸淫笑神神秘秘低声耳语："壮阳酒，喝了就知道！"有的终日开宝马坐奔驰却指着一辆摩托车龇牙咧嘴卖弄风骚："好摩托，我喜欢！"

他们代言的广告起初收视率极高，但终因内容虚假遭人唾弃。由于鱼龙混杂，一些名人如实代言的广告也因此受到冷落。

对此，社会学家呼吁名人加强道德自律，法学专家建议进行立法，历史学家惊呼：后狗恶酒酸时代开始了……

牛头　马面
雀年鸦月鸠日

（2010年《杂文选刊》3月下旬版）

借东风

农民工

你是包工头,俺们不找你要工钱找谁要?你总得讲点良心积点德吧?当初让俺们来工地干活,你说开发商包吃包住。可这一年多,俺们住的是四面透风的工棚,吃的连猪食都不如。每次找你要工资,你都说等楼盖好了最后结算。

现在楼盖好了,你总该给俺们发工资了吧?孩子上学,老人治病,家里买种子化肥、浇地,全指望俺们打工的这点血汗钱了!再不给俺们发工资,俺们就到你家里吃饭!你们逼俺们死,俺们也不让你们活!俺们就不信,这天底下就没讲理的地方,就没给百姓撑腰的清官!

包工头

你是项目经理,俺不找你要钱找谁要?你睁开眼瞧瞧,我身上青一块紫一块的,已经被讨薪的农民工连推带操揍了两顿!工地上的农民工追讨工资追到了俺家里,端起碗来就吃饭,已经闹得我有家难回了!你快跟开发商大老板董事长好好说吧,再不发工资,他们可真的要去找市长了呀!

项目经理

董事长,要不咱先给农民工发点工资?他们再闹下去,我担心会出大事。再说了,咱们的工程质量你心里还没数?如果他们真的闹起来,上边对咱们的工程一认真,我担心质量验收难过关。另外,更要命的是，市里规划只允许咱们建60幢楼，可咱们建了80幢。现在我天天跑，想变更规划，把咱们多建的20幢楼合法化，可谁也不敢签字同意。这帮人一闹，变更规划的事会不会泡汤？他们的工资，还不到这20幢楼售价的零头！

董事长

你还是项目经理哩，遇到这么一丁点小事就吓得屁滚尿流！你脖子上顶着的那个肉葫芦只会白吃干饭！你就不好好想想，他们闹究竟是好事还是坏事？他们闹是我求之不得的大好事！你不是在跑变更规划的事吗？你送出的钱那些当官的不都收下了吗？可收了钱又有谁签字同意变更规划呢？他们不敢签！签了就是越权审批！他们在等待，等待一个签字的理由。不发农民工工资的原因是咱们的楼还没卖出去。楼没卖出去的原因是还没有通过竣工验收，还有20幢楼因为不符合原来的规划不能办理售楼手续……农民工一闹，就把研究解决这些问题的理由送去了。现在的形势是，大大小小的官员都支持咱们发财，万事齐备，只欠东风！让农民工闹吧，要成大事，还得依靠群众！农民工就是咱们的东风！

市　长

这个小区的农民工到市政府上访讨薪，他们的要求是正当的！民生无小事，稳定压倒一切。群众的事再小，也比天大！今天我们召集多家部门联合办公，就是要解决开发商拖欠农民工工资问题。希望各部门各司其职，大力推动问题尽快解决。质量监督部门要抓紧对楼房进行验收。土地、规划、建设、房管部门要本着合理、节约利用土地资源的科学发展理念，从实际出发，重新审视、完善小区原有规划。各部门要通力合作，使小区楼房顺利上市销售，使开发商有能力足额支付农民工工资……

尾　声

据《子虚日报》报道，我市把解决拖欠农民工工资问题与支持企业发展相结合，使农民工和企业双满意，促进了社会和谐稳定……

（2011年9月2日《杂文报》，2011年12月中旬版《杂文选刊》。）

又失生辰纲

　　话说杨志在黄泥冈被晁盖等人劫了生辰纲，本想跳崖自尽，但转念一想："我杨家满门忠烈，世代英名，如今丢了生辰纲不向梁中书请罪，却悄悄在此一死了之，岂不是有始无终失信于人，辱没祖上门庭？"于是，回北京向梁中书请罪去了。

　　听完杨志诉说，梁中书许久才说出话来："生辰纲遭劫也不能全怪你。现在社会上仇官仇富的人越来越多。唉！如此下去，大宋岂能和谐稳定！你且下去吧！"

　　转眼又一年。梁中书又把杨志唤上堂，吩咐道："今年生辰纲仍由你押运。一切条件全依你，你须将功赎罪，确保万无一失！"

　　杨志道："谢大人！今年押运生辰纲，我只要一辆马车，其余一概不要。"

　　梁中书诧异道："去年你带着军汉、虞候、都管十余人尚被贼劫，今年匹马只身如何去得？"

　　"我扮作长途车夫，专走国道、高速公路。这些道路全封闭，贼人无法埋伏，又可快速行车。若依小人，便愿领命。"

　　"好！越是公开处，越易藏秘密。就依你！我再修书一封，在蔡太师面前保举你！"

　　杨志把梁中书的举荐信放在贴心内衣口袋，驾车载着生辰纲向东京驶去。

　　刚上国道，就被一群穿着"大宋路政"制服的人拦住要罚款。杨志道："为何要罚洒家？"

　　路政们一阵哄笑："这厮好不晓事！超载了，罚银十两！"

　　杨志道："我车刚到，你们如何知道超载了？"

　　说话间，一辆空车从后面绕到杨志前面，交了罚银，匆匆驶去。

路政们冲着杨志喝道:"不交罚银就到路边把车上的货卸了再走!"

车上是生辰纲,杨志如何敢卸?只得交了罚银。

杨志驾车追上那辆空车问道:"你驾空车,为何也交超载罚银?"

驾车的是位三十多岁的学究,苦笑着告诉杨志,如今大宋的国道、高速公路上都有路政在查超载,而营运车辆若不超载必定得亏本。超载罚银养肥了路政,时间一久,无论是否超载,路政见车就罚。"记住,民不和官斗!忍忍吧!"学究丢下这句话,驾车飞驰而去。

从国道上了高速公路,杨志提高了车速,可跑了没多久,就又被大宋交警拦了下来:"超速十次,罚银五十两!"杨志道:"洒家在哪儿超速了?你们看到了为何不早早提醒?"

杨志忽然看见学究也在路边交罚银,并正向自己使眼色。

杨志交了罚银请教学究。学究说,交警本来是维护交通安全的,可他们最希望车辆超速违法,这样他们才能罚银创收。他们把监控器安在路边隐蔽处,专等车辆上钩。"记住,民不和官斗!忍忍吧!"学究丢下这句话,又驾车离去了。

杨志边驾车边琢磨学究的话:"这班鸟公差比持刀抢劫的贼人还恶劣,俺到了东京定当面向蔡京太师反映!依俺,非剁了这帮鸟恶吏不可!"

交了一路罚款,窝着一肚子火,杨志驾车来到了黄河边。过了黄河大桥,就可直达东京了,可在大桥前堵满了车。

学究也已驾车在此等候。他告诉杨志,前边是大桥收费站,车辆在此排队交费。

杨志道:"为何又要收费?"学究说:"你没看见桥头牌子上写的'贷款修路,收费还贷'吗?其实,这贷款早就还清了,因为有蔡太师作靠山,收费站就是坚挺不撤!为何有这么多车要过桥?七八成是赶去给太师送生辰贺礼的。"

"蔡京竟是个贪官!"杨志脱口而出。

"壮士休嚷!蔡太师权倾朝野,小心给巴结他的人听去!说句不中听的话,这些人巴不得给蔡太师舔腚哩!听说,就连三世忠臣之后杨志都在为他押送生辰纲呢,可怜了杨家世代的美名……"

学究说着停了下来，他看到杨志面色由青变红，由红变紫，拳头攥得"咯咯"响。

"罢！罢！罢！羞煞俺也！洒家不走这条路了！"杨志把梁中书的举荐信撕得粉碎，掉转车头，从岔道上了条小路……

蔡京又没有收到女婿梁中书送来的生辰纲。那路上的学究便是智多星吴用。官府从此少了个一心想凭本领向上爬、求进步的杨提辖，梁山泊多了只除暴安良、杀富济贫的青面兽。

后世有诗赞曰：
大道不通世不平，
魑魅魍魉任横行。
挥刀杀尽吸血鬼，
替天行道留美名。

（2011年12月中旬版《杂文选刊》）

善待平等

一到岁末年初,农民工的地位就高得不得了。广播上、电视上、报纸上、网络上,大小官员都在动情地大谈特谈"善待农民工"。可是,农民工得到善待了吗?

来看看农民工是如何被"善待"的吧。

企业按月、足额发放农民工工资,就被称为善待。仔细想想,这算什么善待?上班的市民和官员不都按月领工资吗?咋不说市民或官员被善待了呢?还有一种人,在垄断行业工作,本应和农民工一样靠劳动拿工资,但是他却不按月拿工资,因为他拿的是年薪,一年上百万!如果你像对待农民工一样,仔细计较他工作的质与量,然后善待他,按月给他工资,他会跳着脚骂你"虐待"。

让农民工子女在父母打工的城市上学,也被称为善待。城市的孩子在当地上学是自然而然的事,农民工的孩子在父母工作的城市上学咋就是被善待了呢?两千多年前,教师的祖师爷孔子不就提出"有教无类"了吗?如果允许农民工把子女接进城里读书就是善待,那么,对个别人送孩子到国外读书的资金来源却不彻底调查,又是什么"待"呢?我想,总不至于是亏待吧!

给农民工盖几间集体宿舍,也被称为善待。难道其他人每天都露宿街头了吗?咋农民工一在房子里过夜就是被善待了呢?如果允许农民工休探亲假,那就"善"得不得了!那就是以人为本,人文关怀,人性化服务……

跟农民工签劳动合同是善待,让农民工双休日休息是善待,给加班的农民工发加班工资是善待,让农民工休产假是善待,给农民工工伤补偿是善待……这些善待,有哪一项不是《中华人民共和国劳动法》等法律规定的农民工应有的权利?为什么农民工一享受这些权利就要被称为善待了呢？农民工的合法权益要靠不停地善待，才有保障。善待成了恩赐，法律的刚性比豆腐还软！

其实，不必把"善待农民工"挂在嘴上。法律面前人人平等。只要能依法享受平等权，农民工就真的很受用了。

奢谈"善待"农民工者，请善待"平等"二字。

可能听不到谈"善待"二字之日，便是农民工得到平等之时。

（2011年12月27日《杂文报》）

为什么要善待农民工

有句话，近年来听得耳朵眼都快磨出茧子了。不少官员爱如和尚念经般重复这句话。这句话就是：善待农民工。

念经的和尚有的对经文真的理解和信奉，有的也只不过是小和尚念经——有口无心。其实，唠叨着要善待农民工的官员，有几个能真正讲清楚：为什么要善待农民工？

普遍说法之一是：农民工是城市的建设者，所以要善待。

此话听起来庄重而豪迈，是个大道理。这个大道理又有谁不懂呢？近乎人人皆知的道理，还需要你"满含深情地说""特别强调""着重指出"吗？虐待农民工者又有几个是因为不知道"农民工是城市的建设者"而施虐的？能指望这些人因为明白了"农民工是城市的建设者"的道理，便恍然大悟，从此立地成佛，不再对农民工施虐而行善吗？

"农民工是城市的建设者"，这句话教育不了谁，更保护不了谁，是句正确的废话！

普遍说法之二是：城市离不开农民工，所以要善待。

这个道理很宏观。但是，和农民工直接打交道的人绝大多数无须对一个城市负责，绝不会因为全世界农民工联合起来不再到城市来而吓得发抖。

摆在对农民工施虐者面前的形势是这样的：今天欺侮农民工张三，明天虐待农民工李四。张三、李四逃离了这座城市，还有农民工王五、赵六送上门。

你说城市离不开农民工？告诉你，农民工更离不开城市！城市，我的地盘我做主！农民工怕受虐就别来！"因为城市离不开农民工，所以要善待他们"，拿这句话哄吃奶的孩子吧！

普遍说法之三是：农民工是外来人员，所以要善待。

此话饱含文明礼貌新风尚元素，闪烁着"有朋自远方来，不亦乐乎"儒家仁爱的光辉，但是，"外来"，就要善待吗？

车站，码头，机场，港口，每天给城市送来多少外来人员，咋就非得善待农民工而不是其他群体呢？

农民工到城市来，是为了赚钱自愿来的，又不是俺上他家请来的，为啥让俺善待他？现在很多领导是异地任职，也属于"外来人员"。虽然没人大张旗鼓地提倡善待领导，可领导都被善待得很滋润，因为善待有回报！善待农民工有啥好处？没好处的事任你磨破嘴皮又有谁愿意干？"对外来的农民工要善待"，这话讲给傻子吧！

普遍说法之四是：农民工是弱势群体，所以要善待。

这话听起来很仗义，说时髦点，也很人性化。然而，是弱者，就应善待吗？

谁让他弱了？他弱是我造成的吗？我不让他强了吗？在中国，除了大款、大腕、大官，你听说谁称自己属于强势群体？全社会还有谁不应善待？如果社会成员都要善待，又何必特别提出善待农民工呢？

善待的阳光雨露，既患寡，更患不均呀！因为弱势就要善待，势必形成僧多粥少的局面，长此下去，善待根本无法真正贯彻落实，最终只能是一张空头支票。

为什么这些善待农民工的理由，既不打动人，又千篇一律呢？原因有二：一是讲这些话的人真的不知道为什么要善待农民工。自己讲的理由，连自己都不能打动，咋指望打动别人呢？二是这些理由不是讲话者独立思考想出来的，而是秘书替他抄袭来的。

那么，究竟为什么要善待农民工呢？还是听听俺的说法吧。

如果俺是大官，俺就对中官、小官们说，善待农民工吧，最起码不要虐待他们。有位年轻的农民工赶骡子长途贩运，常受酷吏的刁难、勒索、殴打、侮辱。年轻农民工挥舞两把菜刀劈了这帮狗腿子，一路砍打下来，竟成了中国人民解放军的缔造者之一，当了元帅。这位农民工就是贺龙。你还敢不善待甚至于虐待农民工吗？谁敢保证被你虐待者一个转身之后不会去买两把菜刀？所以，千万别把农民工惹恼了。

否则，事大了！

如果俺是小官，或者是街道办事处的办事员，或者只是居委会老大妈，俺不会把时间和力气都用在刷"善待农民工"的标语口号上，那是形式主义，现在谁还死心塌地信标语口号？俺去和居民唠嗑：善待农民工吧，他们背井离乡不容易呀。"在家千日好，出门一时难"。咱敢保证咱一辈子不到外地去吗？别欺侮他们。咱都是老百姓！咱受欺侮时心里好受吗？咱不想受欺侮，就别欺侮别人，和谐吧。

如果俺是私营企业老板，俺也不欺侮农民工。该给农民工的工资、福利待遇就给。人在江湖上混，欠的迟早是要还的。何必克扣农民工的血汗钱呢？当老板，最后成了农民工的债务人，农民工成了债权人，到这个份上，办企业还有嘛意思？这脸还往哪搁？再说了，法律也不容呀！

如果俺只是家在城市的普通劳动者，俺也要善待农民工。往上查五代，谁家祖上没当过农民？嘲笑农民工的口音、衣着，是不是有忘本之嫌？拿农民工的"土"衬自己的"洋"，有啥意思？不都是个打工挣钱的人嘛，装啥呀装！

看来，善待农民工，不需要太多的大道理。如果非要讲深刻点，那就是：农民工和官员、老板以及普通市民一样，都是人！都是享有平等人权的人！

（花城出版社《2012中国杂文年选》，漓江出版社《2012中国年度杂文》，2012年1月下旬版《杂文选刊》。）

跳楼者说

心理医生被人火急火燎地拽上了车。刚关上车门,车就发疯似的狂奔。

"干什么去?"心理医生问。"有人要跳楼。你快到现场开导开导他吧。"来接他的人说。

心理医生被带到市郊一座6层的破旧大楼下。楼前,看热闹的人挤得水泄不通。一个硕大的橘红色充气垫子铺在地上,停在路边的救护车、警车闪着蓝色灯光。

楼顶,一个人骑在楼边沿上的护栏上。他就是此刻上千人瞩目的主角了。可能早有跳楼的计划,他手里居然拿着一只扩音喇叭,高喊:"这让人怎么活?他们不让我活,我就死给他们看!"

"不要这样嘛!有话好说!"楼下有人拿着扩音喇叭仰着头冲楼上喊。

可跳楼者却铁了心:"太不公平了!大家评评理,凭什么提拔张三不提拔我!张三是大专毕业,我是本科毕业。我当上正科三年张三才提拔副科。我当上副处两年张三才刚提拔成副处。在单位民主测评我也比他高两票。我的书法获过奖,他的字像王八爬的一样。我酒量也比他大。我喝八两没事,他一杯下肚就胡说八道。就连身高他也比不过我。我一米七,他才一米六八……他哪样能比得过我?为什么提拔他不提拔我?今天就得给我个说法!不然,我就跳楼!谁敢上来救我,我就抱着谁一块跳!"

跳楼者的同事、现场组织救人的指挥又轮番喊话、劝导,可谁也给不出让跳楼者满意的说法。

这时,心理医生走到现场指挥面前,低声询问了几句,又诡秘地耳语了一番,指挥一脸惊愕:"这样行吗?万一……"

心理医生蛮有把握地说:"他的话已把心理表露无遗。照我说的做吧。放心!"

指挥开始命人疏散围观的群众，接着，橘红色的充气垫子撤了，救人的队伍也撤离了，救护车、警车熄灭了灯，无声无息地开走了。楼下只剩下了心理医生。

跳楼者冲着楼下喊："他们为什么都走了？"

心理医生答："张三也要跳楼了。他们去救他。"

"张三为啥要跳楼？他不是被提拔了吗？"

"张三跳楼的理由和你一样，觉得不公平！他说，凭什么让他到县里去，名义上当县长是提拔，可实际上得吃苦受累担责任，哪有你待在机关实惠舒服潇洒？他就是想不通！他说，你每次都比他先提拔，是因为你会拍马屁，他只知道实干；你民主测评的票数是请客喝酒喝出来的；你的字获奖是花钱买来的；你酒量大是喝酒时掺假耍赖装的；你比他高几厘米是因为量身高时他脱了鞋你穿着鞋，鞋还带后跟……"

"哈哈！他真是这么说的吗？"

"是的。他气得歇斯底里，浑身颤抖，逢人就骂，拿起东西就摔，现在正准备跳楼，谁也劝不住……"

"哈哈！太好了！我得去看看。不！我得去劝劝。张三呀张三，你老弟何必呢，气大伤身呀，何必动这么大肝火呢？有话好好说嘛！"跳楼者得意地自言自语，忽然又问，"他在哪座楼？快告诉我！"

"张三在环宇大厦顶楼69层。"

"他为什么选择在那里跳？"

"张三说他一直不如你。这次是你们的最后一次较量，他跳的楼一定要比你跳的楼高，制造的影响一定要比你的大！"

"跟我比，他有什么资格跳环宇大厦？再说了，我跳楼在先，他跳楼在后，凭什么把救护我的力量抽走给他用？老兄，帮我拦辆出租车，我得去环宇大厦，马上就去！"

五分钟后，跳楼者飞也似的跑出了大楼，上气不接下气地冲着心理医生喊："出租车呢？我不是让你拦辆出租车吗？你真耽误事！"

心理医生说："张三在家睡觉呢，你也需要休息休息了。"

（2012年7月8日《新民晚报》，2012年第8期《杂文选刊》。）

鱼翅啊鱼翅

以铜为镜，可以正衣冠。以古为镜，可以知兴替。以人为镜，可以明得失。这是1300多年前封建皇帝李世民的话。历史长河流到21世纪的今天，一个严肃的课题突然摆在了我们面前：以鱼翅为镜，能照得见什么呢？

以鱼翅为镜，可以看到一颗颗惊恐愤怒的心。

7月20日，一家水产协会的负责人说，拒绝吃鱼翅是浪费。理由是中国没有专业的捕鲨队伍。鲨鱼混在其他鱼类中，有时会被误捕。捕得的鲨鱼放归大海也活不了，人不吃其翅实属浪费。此语一出，国人立马口诛笔伐。

我想：这位负责人说的也不一定是谎言。问题是：中国民众为何对提倡吃鱼翅如此反感呢？想着想着我豁然开朗了：公众对吃鱼翅深恶痛绝，并不仅仅为了保护生态，更重要的原因是大多数鱼翅消费用的是公款，公款吃鱼翅，百姓焉能无切肤之痛？

协会负责人从鱼翅生产源头说明吃鱼翅的理由，百姓揪心的是吃鱼翅谁买单，本是驴唇不对马嘴的事，可群众却如芒在背，鱼翅像镜子一样映出了公众心理：对"拒吃鱼翅即浪费"论惊恐呀，怕其成为公款吃鱼翅的漂亮借口！

对公款消费，平民百姓无缘享受，也不能现场观摩，他们只能发挥想象力去猜想。然而，一例例突然爆出的惊天大案中的奢靡程度，往往又证明了他们想象力的贫乏。于是，如同越想鬼越害怕一样，百姓对直接或间接从自己荷包中盗抢银子的行为已是风声鹤唳草木皆兵了，闻听"吃鱼翅有理"自然惊恐，转而愤怒。

不要嘲笑百姓心理的脆弱与过敏，因为公款吃喝腐而不败的戏他们真没少看。

然而，匹夫之怒可奈何？能让眼下中国公款吃鱼翅现象戛然而止吗？我又往鱼翅这面镜子上瞧了瞧：

以鱼翅为镜，可以看到中国反腐之路"雄关漫道真如铁"。

2012年6月底，某管理局发函给三十多位人大代表，称有望在三年内发文规定公务接待不得食用鱼翅。

听听，仅发个文件就需要三年，还是充满变数的"有望"，且发文后的效果仍是个未知数！需要用三年时间才能完成的工作其难度可想而知。要知道公款吃喝的餐桌上有多少道菜呀！三年禁了鱼翅，还有燕窝呢，还有冬虫夏草呢，还有熊掌呢……禁完了名贵的山珍海味，还有人头马、茅台、拉菲呢……要多少个三年才能刹得住公款高消费之风呢？

难怪前国家新闻出版总署署长柳斌杰先生早在微博上感慨："几百个文件管不住大吃大喝，真是治国之败笔。"

我虽刚届不惑之年，身体健康，但是，对有生之年能亲眼看到公款高消费消亡，已不抱多大的希望！不过，一息尚存，我总还是不甘心呀！就又往鱼翅上瞅了一眼：

以鱼翅为镜，可以看到历史的潮汐与轮回。

《增广贤文》曰："观今宜鉴古，无古不成今。"21世纪公款吃鱼翅的贪官，正在为一些典故做着新注脚：

屦贱踊贵。本来是说受刖刑（砍脚）的人太多，于是市场上给受过刖刑的人穿的鞋子，比正常鞋子还要贵。专家说鱼翅的营养价值尚不如豆腐、鸡蛋和猪蹄，但是，一碗鱼翅要上百元，上品要上千元，远非豆腐、鸡蛋、猪蹄这些平民百姓能吃得起的大路货可比。为什么会这样呢？因为"上有好者，下必甚焉"。官员喜欢的东西，全社会都会去追捧。鱼翅如此昂贵，薪水有限的官员如何敢常吃？"崽卖爷田心不疼"嘛，吃鱼翅不用自己掏腰包！

如此看来，某些官员吃的仅仅是鱼翅吗？人家品鉴的是文化，延续的是历史，引领的是风尚！

鲨鱼在地球上生活已超过四亿年了。四亿年来，它从未像今天这样深深地介入人类社会生活，其鱼翅怎么突然在中国掀起了波澜？是什么因素让它成妖成精了呢？

鱼翅啊鱼翅，你这面镜子我敢看不敢说呀！

（2012年8月31日《杂文报》）